Korrektur   Isabel Hoffmann
Umschlag   Emma Ingeborg Eiben

Bibliografische Information der Deutschen
Nationalbibliothek: Die Deutsche Nationalbibliothek
verzeichnet diese Publikation in der Deutschen
Nationalbibliografie; detaillierte bibliografische
Daten sind im Internet über dnb.dnb.de abrufbar.

Die automatisierte Analyse des Werkes, um daraus
Informationen insbesondere über Muster, Trends
und Korrelationen gemäß §44b UrhG („Text und
Data Mining") zu gewinnen, ist untersagt.

Verlag: BoD • Books on Demand GmbH, In de
Tarpen 42, 22848 Norderstedt
Druck: Libri Plureos GmbH, Friedensallee 273,
22763 Hamburg

ISBN: 978-3-7583-4290-5

Für alle Männer,
die mich zum Lächeln bringen,
wenn ich an sie denke.

Schön, dass es Euch

immer noch gibt!

ALL YOU CAN EAT 2

Freitag, 12. Mai – Auf in den Urlaub

Es ist Freitag 6:00 Uhr. Hinter meinem Mann Ole und mir liegen anstrengende Wochen und Monate. Vor uns liegt eine nicht weniger anstrengende Fahrt vom Niederrhein nach Rostock.

Die Koffer sind schon seit gestern im Auto, die Nachbarn sind informiert und von unseren beiden Katzen haben wir uns kuschelnd verabschiedet. Die machen jetzt auch zwei Wochen Urlaub – draußen! Meistens jedenfalls…

Füttern werden die Nachbarn auch in der Wohnung, sofern die beiden Rabauken mal rein wollen. Es hat Vorteile, wenn man im Wald wohnt und keine verwöhnten ‚Stubentiger' hat.

Unseren alten französischen Kombi haben wir auch erst vor zwei Tagen aus der Werkstatt zurückbekommen. Wir hoffen, er schafft die Fahrt heute bis Rostock und morgen dann die Strecke nach Sassnitz, zur Fähre nach Bornholm. Unserem Urlaubsziel.

Bornholm ist eine dänische Insel in der Ostsee. Ole ist dort als Kind jeden Sommer mit seiner Familie und Freunden gewesen. Vor vier Jahren waren wir mit der ganzen Familie (6 Erwachsene und 2 Kiddies) auf Bornholm, dieses Mal gehört die Insel nur uns beiden!

So ganz kann ich zwar immer noch nicht glauben, dass wir wirklich Urlaub haben, aber das wird sich ändern, wenn wir losfahren. Bei mir ist das immer so: Ich bin die letzten Tage vor der Abreise völlig verwirrt und will noch 100 Dinge erledigen, von denen ich dann höchstens 50 schaffe. Das frustriert mich und irgendwann lasse ich den Rest einfach liegen, steige ins Auto, keife sinnlos noch ein bisschen Ole an und dann fahren wir endlich los! Exakt ab diesem Moment habe ich dann Urlaub und beginne mich langsam zu entspannen.

Dieses Mal ist es auch nicht anders. Trotz aller Vorbereitungen liegen meine Nerven blank. Ist die Wohnung ordentlich genug? Haben die Katzen noch Flohzeugs bekommen? Ist genug Futter da? Ist der Stalldienst für Oles Pferd organisiert? Haben wir alles eingepackt?

Handtücher, Bettwäsche, Medikamente, Reiseführer, Reiseunterlagen, Badekleidung, Kamera und Bürste? Was auch immer wir eingepackt haben, irgendetwas wird fehlen und von dem Rest haben wir bestimmt zu viel dabei. Zum Glück fliegen wir nicht in den Urlaub und müssen uns mit Übergepäck herum-schlagen. Die Fähre wird wahrscheinlich nicht untergehen, nur weil wir den Kombi so vollgestopft haben.

Mir reicht es jetzt! Ich schnappe mir meine Handtasche, setze den gestreiften Kater vor die Tür und schließe von außen ab. Was wir jetzt nicht dabeihaben, kaufen wir vor Ort halt neu!

Ole sitzt schon im Auto und ich setze mich auf den Fahrersitz. Morgens bin ich wacher als er und zudem putscht mein Blutdruck mich ja gerade eh auf. Also darf ich erstmal ans Steuer. Mucke an und los geht's. Tschüss zu Hause, wir sehen uns erst in 15 Tagen wieder.

Es ist jetzt 7:30 h und wir sind ungewöhnlich gut im Zeitplan. Ich möchte vor 16:00 h in Rostock sein, weil ich mich dort noch mit einem Arbeitskollegen verabredet habe. Manchmal halten wir an einer der

Niederlassungen meines Arbeitgebers, einfach weil ich neugierig bin und die Leute vor Ort gerne mal kennen lernen möchte. Bisher kommt das immer gut bei den Kollegen an, die ich sonst nur vom Telefon kenne.

Zudem haben wir in Rostock ein tolles Hotel gebucht, dessen Wellnessbereich wir gerne bis 21:00 Uhr noch ein bisschen ausnutzen möchten. Ich fahre auf die Autobahn und versuche mit bequemen 120 km/h zügig voran zu kommen.

Die Niederlassung in Rostock erreichen wir planmäßig gegen 15:30 h, wer allerdings nicht da ist, ist mein Kollege. Der steckt noch in einem Meeting in einer anderen Stadt fest. Unglücklich, aber nicht zu ändern. Die wenigen Kollegen in Rostock, die noch da sind, wirken eher irritiert als erfreut mich kennenzulernen. Auch der 10er Pack Milchschnitte, den wir mitgebracht haben, vermag sie nicht zu bezirzen. Dafür bekommen Ole und ich eine persönliche Führung durch den Niederlassungsleiter, der vermutlich vor 30 Sekunden über unsere Anwesenheit informiert wurde und jetzt brav ‚gute Miene zum bösen Spiel' macht. Schlussendlich überzeuge ich ihn aber, dass es nur eine rechtspontane Idee war, mal in der Niederlassung vorbei zu sehen und ich wirklich nur auf der Durchreise bin.

Irgendwann später sitzen wir in einem örtlichen Restaurant und mein Kollege taucht dann dort noch auf. Er entschuldigt sich vielmals, aber wir wissen beide: Arbeit geht halt vor! Leider haben wir nur heute die Chance uns kennen zu lernen, denn auf der Rückfahrt werde wir über Bremen fahren. Dort treffen wir eine Kollegin, die ich schon seit vielen Jahren kenne.

Wir drei verstehen uns wirklich gut und das Essen ist lecker, bevor Ole und ich dann irgendwann ins Hotel aufbrechen.

Das Trihotel in Rostock ist ein lustiges, modernes Hotel. Leider bekommen wir ein noch nicht renoviertes Zimmer mit altmodischem Design. Schade, gerade die Optik der Zimmer (mit Birkenholz) hat mich zur Buchung gebracht. Dass gerade Renovierungsarbeiten stattfinden und noch längst nicht alle Zimmer fertig sind, stand da nicht.

Dafür gibt es ein recht großes, aber leider eher kühles Schwimmbad, sowie einen Saunabereich, den wir fast für uns alleine haben. Schlussendlich landen wir in einem Nebenraum, in dem fünf große Sessel aus Mosaiksteinen stehen, die von innen erwärmt werden.

Das ist genial! Bei sanfter Musik und wohliger Wärme können wir hier trocknen und ganz in Ruhe entspannen.

So kann der Urlaub weiter gehen.

Ich liebe Hotelzimmer! Keine Ahnung warum, aber ich übernachte gerne in Hotels. Wenn dann das Bett vor Ort auch noch bequem ist, bin ich extrem glücklich. Kein Abwasch, keine Wäsche und keine Arbeit, aber leider auch keine Katzen, die morgens zärtlich schnurren, weil sie Hunger haben.

Irgendwas ist ja immer! Die Katzen fehlen mir, aber ansonsten habe ich letzte Nacht auf ‚Urlaubsmodus' umgeschaltet. Gegen 7:00 Uhr packen wir unsere Sachen zusammen, frühstücken und machen uns zügig auf die Reise. Die Fähre legt um 11:50 Uhr ab und die möchten wir auf keinen Fall verpassen!

Vor zwei Jahren standen wir beim Anleger in der ersten Reihe auf Platz Nr. 1, als wir mit Oles Familie von hier aus in den Urlaub gestartet sind.

Wir waren alle zusammen in einem großen Ferienhaus und hatten drei Fahrzeuge vor Ort, so dass wir auch unabhängig voneinander losziehen konnten.

Trotzdem wollten wir dieses Jahr die Insel für uns alleine haben. Na ja, fast alleine halt. Es sind ja noch andere Urlauber und vielleicht ein paar Einwohner hier.

Die See ist ruhig und wir kommen planmäßig in Rønne an. Ich bin ja erst das zweite Mal auf Bornholm, aber ich freue mich, als wenn wir jedes Jahr herkommen würden.

Dieses Mal gab es aber auch noch eine ganz besondere Hürde im Vorfeld zu meistern: Das Haus, das wir vor zehn Monaten gebucht haben, wird aktuell nicht mehr vermietet. Das hat drei Tage vor unserer Abreise zu einer Stornierung geführt, die uns nervlich fast in den Wahnsinn getrieben hat. Ole hat getobt und ich geweint. Ich bin dann erstmal ins Bett gegangen und habe irgendwie vier Stunden geschlafen. Morgens um halb fünf war ich aber online und habe nach einer Alternative gesucht. Erfolgreich!

Jetzt sind wir sehr neugierig, wie das Haus aussieht, auf das ich umgebucht habe.

So eine Schlüsselabholung hatte ich mir viel komplizierter vorgestellt: Einfach rein in das Büro von DanCenter, die Bestätigung vorlegen und schon bekommt man nicht nur einen mitfühlenden Blick, weil sofort klar ist, dass wir sehr, sehr kurzfristig umgebucht wurden, sondern man bekommt auch in 3 Minuten den Schlüssel zum persönlichen Ferienhaus-Glück, inkl. der Nachfrage, ob das korrekt ist, dass wir kein Wäschepaket dazu gebucht haben. Ja, wir haben unsere eigenen Wäscheberge dabei!

Ich habe sogar extra noch blau-weiße Bettwäsche für Bornholm gekauft, damit das Ambiente auch stimmt und die Handtücher sollen bitte auch zu meinem Umfang passen. Sonst wird das kein Urlaub, sondern ein täglicher Frustfaktor.

Jetzt aber los in Richtung Ferienhaus! Die Landstraße ist frei und um nach Sogebæk zu gelangen fahren wir direkt an unserem früheren Ziel Dueodde vorbei. Kurz vor Dueodde guckt Ole mich an: „Lust auf ein Krölle-Bölle?"

Was für eine Frage? „Na klar!" Ole biegt ab und fünf Minuten später halten wir das weltbeste Softeis mit Kakao-Zimt-Topping, am schönsten Bornholmer Strand in

Händen. Natürlich eine ‚mellum' Portion. Klein kann ja jeder und groß ist echt gerade ‚too much' für mich!

Während ich die ersten kühlen Tropfen genieße, denke ich ‚Glück kann man manchmal doch kaufen'. Dieses Eis ist der beste Beweis.

Glücklich setzten wir uns zurück in Auto und beschließen ganz kurz an dem eigentlich gebuchten Haus vorbeizufahren, denn es liegt von dem Eisstand ja nur 150 Meter entfernt. Genau darüber hatten wir uns bei der Buchung besonders gefreut. 150 Meter bis zum Eisstand und weitere 150 Meter bis zum Meer. So war der Plan!

Wir rollen langsam an dem Steak-Restaurant vorbei in den waldiger werdenden Teil der Straße. Nach nur wenigen Augenblicken werden wir fündig: Grau, flach und mit der Terrasse fast an der befahrenen Straße liegt es vor uns. Das sah bei Google Maps aber anders aus! Abgesehen davon, dass wirklich jeder mit seinem Auto hier vorbei fahren muss, um zu seinem Haus zu gelangen, kann auch jeder Passant trotz des Sichtschutzzauns auf die Sonnenterasse gucken. Privatsphäre zum nackt sonnen hätte es da gar nicht gegeben. Spätestens jetzt sind wir mit unserem umgebuchten Schicksal einverstanden, denn schlimmer kann das gelbe Haus gar nicht liegen!

Wir geben das neue Fahrziel ein und sehen, dass es nur 4 km entfernt liegt. Das sind etwa 4 Minuten mit dem Wagen. Der Weg kommt uns von vor 4 Jahren bekannt vor und tatsächlich kreuzen wir kurz vor dem aktuellen Ziele den ‚Mosestien', an dem unser damaliges XXL-Haus lag.

Die gelbe Farbe blitzt einmal fröhlich durch die dichtstehenden Bäume und dann sind wir angekommen. Ein zweiteiliges Haus, von dem der größere Teil für die nächsten zwei Wochen unser Heim sein wird. Wir parken und können direkt dahinter den Garten und das Meer sehen.

Traumhaft!

Der kleine Teil scheint ein Vorratsschuppen zu sein, auf den wir kein Zugriff haben, aber der Rest gehört jetzt uns!

Die paar Koffer sind schnell ausgeladen, den Strom liest Ole ab und die Terrassentür ist wie das Tor zu Narnia. Eine großzügige Terrasse mit Tisch, 4 Stühlen und 4 Liegen läd zum Verweilen ein, der Garten ist riesig und in nur etwa 75 Metern gibt es einen privaten Strandabschnitt nur für uns alleine. Mit einem Wort:

PERFEKT!

Es gibt neben uns zwar Nachbarhäuser, aber ob diese aktuell bewohnt sind ist fraglich und die Anordnung ist so geschickt, dass kein direkter Sichtkontakt entsteht.

Wir können unser Glück kaum fassen. Dieses Haus hat zwar keine Sauna und keine Badewanne, aber es ist wirklich ein traumhafter Ort! Die beiden Schlafzimmer (eines hat 3 Schlafplätze, das andere ein Doppelbett) sind in etwa gleich groß und direkt daneben liegt jeweils ein Bad mit Toilette und Dusche. Für zwei Familien oder zwei Paare also absolut optimal gebaut.

Auch die Küche ist gut eingerichtet und so kann Ole sich zügig an die wichtigste Mahlzeit des Urlaubs machen: MIRACOLI.

Ja - das ist wichtig!

Oles Mama hat immer am ersten Abend auf Bornholm MIRACOLI (das Original, nichts anderes!) gemacht. Zum einen war das wenig Arbeit, die Kinder mochten es und es war der offizielle Beginn des Familienurlaubes. Also haben wir diese Regel einfach übernommen.

Traditionen muss man schließlich pflegen.

Allerdings gibt es bei uns ‚MIRACOLI 2.0'! Mit etwas Hack und echtem Parmesan, anstatt der geschredderten Fußnägel, die den Packungen glücklicherweise nicht mehr beiliegen. Lecker!

Wir öffnen die Terrassentür und lassen etwas Abendluft herein. Draußen hört man nur ein paar Vögel und das sanfte Rauschen des nahegelegenen Meeres.

Ole schlägt vor, einen ersten Cocktail für uns zu mixen.

Wir gucken, was wir schon an Säften und Alkohol da haben und entscheiden uns für den ‚Sex on the Beach', den wir als Sundowner auf der Couch genießen.

Ole hat es gut gemeint und ordentlich was in die Gläser gefüllt. Ich vertrage ja nicht viel, mit meinem großen Glas bin ich recht zügig angeheitert.

Zum Glück müssen wir morgen weder weiterreisen, noch Arbeiten gehen. Daher ist es nicht so schlimm, dass ich ein bisschen besoffen bin.

Ich lehne mich an Ole und flüstere: „Ich kann noch gar nicht glauben, dass wir wirklich hier sind."

Er nimmt mich in den Arm. „Entspann Dich, wir sind jetzt im Urlaub!"

Ich lege meinen Kopf an seine Schulter. „Ich bin gerade so glücklich!"

„Das ist schön! Darum komme ich ja auch immer so gerne nach Bornholm zurück. Das ist Entspannung pur, sobald man die Insel betreten hat." sagt er und küsst meine Schläfe. „Lassen wir uns mal überraschen, was uns dieser Urlaub noch so alles bringt."

Wir stoßen mit dem Rest in unseren Gläsern an.

„Auf das was da noch kommt!"

Irgendwann gehen Ole und ich ins Bett und machen das Licht aus.

Unsere erste Nacht in diesem Haus. Ich bin gespannt, ob ich etwas träumen werde und ob dieser Traum dann auch in Erfüllung gehen wird.

Hoffentlich träume ich etwas Schönes, Aufregendes oder noch besser: beides!

Gerne mit einem großen, freundlichen Mann, der unheimlich auf kleine, runde Frauen steht.

…träumen darf man ja wohl noch, oder?

Ich kuschele mich in die neue, blau-weiße Bettwäsche und lächle in stiller Vorfreude, während ich einschlafe.

Morgen wird bestimmt ein schöner Tag!

Ich wache recht früh auf und gegen 8:00 Uhr frühstücken wir ausgiebig.

Toast, Marmelade und Wurst haben wir schon, den Rest werden wir in den nächsten ein bis zwei Tagen einkaufen.

Auf Bornholm haben viele Supermärkte jeden Tag geöffnet, in der Hauptstadt Rønne sind sonntags aber die meisten Geschäfte geschlossen. Man würde das anders herum vermuten, aber uns soll es Recht sein.

Nach dem Frühstück räumen wir auf und ziehen uns an.

„Was möchtest Du heute machen?" fragt Ole mich.

Ich schlage die Hände übereinander und denke einen Moment nach. „Als Erstes möchte ich auf jeden Fall einkaufen. Das müssen wir ja sowieso machen."

„Stimmt, einkaufen machen wir als Erstes!"

Ole guckt mich erwartungsvoll an, nur mit Einkaufen gibt er sich heute bestimmt nicht zufrieden. Ich aber auch nicht!

Ich gucke Ole fragend an. „Nochmal ein Krölle-Bölle? Vielleicht in Kombination mit einem kleinen Strandbesuch?"

Mein Mann grinst. „Genauso!"

Also starten wir den Tag, indem wir in den nahegelegenen ‚Dagli Brugsen' und zu ‚LIDL' fahren. Anschließend verstauen wir alle Lebensmittel im Kühlschrank und trinken etwas. Mittlerweile ist es Mittag und der perfekte Zeitpunkt für ein weiteres Eis, statt einem Mittagessen. Unsere Eisbude ist ja gerade mal 4 Minuten entfernt.

Wir springen in den Kombi, fahren trotz Klimaanlage mit offenen Fenstern und erfreuen uns an jeder Ecke an irgendetwas anderem. Einem schönen Ferienhaus, Tieren, einem blühenden Rapsfeld, der Einfahrt zum Strand von Dueodde, oder was uns sonst noch so einfällt. Wir leiden an akutem Glücks-Hormon-Überschuss. Beide.

Der Parkplatz vor dem Strand ist trotz der Vorsaison überraschend gut gefüllt, zumindest was Parkplätze im Schatten angeht. Wir hatten hier mit weniger Andrang gerechnet, aber es ist Sonntag und vielleicht sind hier auch viele Dänen zum Mittagessen oder für ein Softeis hergekommen.

Wie auch immer… wir drehen langsam eine Runde über den Platz, bis ich endlich auf der rechten Seite eine größere Lücke, sogar inklusive Baumschatten, entdecke.

„Da, rechts ist eine Lücke!" jubele ich, weil der freie Platz direkt neben den WCs liegt, wo ich fast immer hin muss und wir doch so gerne im Schatten parken.

Ole parkt rückwärts ein und wir steigen aus. Einen Moment später hält vor unserem Wagen ein helles Coupe, das Seitenfenster fährt herunter und eine dunkelhaarige Frau spricht mich an: „Er dette en hybridbil?"

„Was?" ich verstehe erstmal kein Wort und vermute, dass Sie dänisch spricht.

‚Hybrid' ist aber ein Begriff, der mir beruflich bekannt ist. Es bezeichnet ein Fahrzeug, dass sowohl mit Benzin, wie auch elektrisch fährt. Ich frage mich warum sie das wissen möchte und drehe mich fragend zu Ole und unserem Kombi um.

Dann sehe ich die E-Ladesäule am Heck meines Kombis und mir wir klar, was sie uns sagen möchte. Wir stehen verbotenerweise auf einem Ladeplatz für E- oder Hybridfahrzeuge.

„Oh shit!" rutscht mir heraus, dicht gefolgt von einem hektischen: „Sorry!"

„Was ist?" fragt Ole und guckt auch zum Heck und sofort realisiert er auch was los ist. „We´re moving!" ruft er dem Coupe zu und steigt wieder hinter das Lenkrad

Ich drehe mich zu dem Coupe und wedele entschuldigend mit den Händen. „Tut uns leid, das haben wir gar nicht bemerkt."

Keine Ahnung, ob die Frau versteht was ich so auf Deutsch von mir gebe, aber sie nickt und fährt die Scheibe wieder hoch, während das Coupe ein Stück zurücksetzt.

Ole fährt los und findet schräg gegenüber einen anderen leeren Parkplatz, leider aber dieses Mal ohne Schatten. Egal, dafür ist der Parkplatz legal.

Das moderne Coupe gleitet fast lautlos auf den Ladeplatz und die Frau steigt aus. Ihr Mann geht direkt nach hinten, um den

Wagen anzuschließen. Ein Schild weist darauf hin, dass man hier maximal zwei Stunden stehen und sein Fahrzeug laden darf. Blöd, dass mir das nicht früher aufgefallen ist. Was muss die Frau nur von uns denken?

Wahrscheinlich ist sie an dämliche und egoistische Touristen gewöhnt. Trotzdem möchte ich mich entschuldigen.

„Es tut mir wirklich leid, ich habe nicht gesehen, dass das ein E-Ladeplatz ist!"

Sie sieht kurz zu mir rüber lächelt schmallippig und nickt einmal. Ich bin immer noch nicht sicher, ob sie mich versteht und überlege, wie ich eine freundliche Entschuldigung in Englisch formuliere.

Ole kommt zu uns rüber und sagt auch nochmal: „Sorry!" was hier hoffentlich eine international gültige Entschuldigung darstellt.

Die Frau nickt und sagt mit starkem Akzent. „Kein Problem."

Sie ist Dänin, keine Frage und sie versteht uns offensichtlich. Ich bin irgendwie sofort begeistert, weil wir im Urlaub gerne Kontakt mit Einheimischen aufnehmen, auch wenn die Sprachbarriere manchmal groß ist.

Die Frau ist etwa 1,80m groß, hat dunkle glatte Haare und braune Augen. Sie sieht eher spanisch als dänisch aus, wirkt ein bisschen kühl und als sie sich bewegt blitzt ein winziger Stecker in ihrem Nasenflügel auf. Ich finde sie attraktiv, obwohl ich denke, sie könnte meine Entschuldigung mit einen Lächeln annehmen, statt mich hier fast zu ignorieren.

Ich höre Schritte auf dem feinen Kies und nun sehe ich auch ihren Mann um das Fahrzeug herumkommen.

„Hi, I am Mika." sagt er freundlich und reicht mir ganz spontan die Hand.

Ich schlucke und bin überrascht über seine offene und lockere Art. „I am Emma…" stammele ich. „Tut mir leid… ich meine das mit dem Parkplatz."

Er lächelt breit. „Kein Problem, aber ich brauche den Ladeplatz jetzt gerade leider unbedingt."

„Aha…" murmele ich und starre zu dem hochgewachsenen Mann hoch. „Wir haben das wirklich nicht realisiert, bis Sie angehalten haben."

Ole kommt dazu und zuckt mit den Schulterm. „Wir haben einfach nicht richtig geguckt, denn früher gab es hier keine Ladesäulen."

„Stimmt, die sind recht neu." Mika grinst. "Ach ja, in Dänemark sagt man nur zur königlichen Familie ‚Sie', sonst sagen wir einfach immer ‚Du'.

Ich finde den Mann unglaublich sympathisch und fasse spontan einen ganz verrückten Gedanken: „Dürfen wir Euch als Entschuldigung zu einem Eis einladen?"

Ich spüre Oles verwirrten Blick von der Seite und auch die Frau blinzelt überrascht.

„Gerne! Wir wollten hier eh ein Eis essen, bevor wir zum Strand gehen." sagt Mika, bevor irgendjemand und wohl ganz speziell seine Frau, sich dagegen entscheiden kann.

„Schön!" freue ich mich und schon gehen Mika und ich die wenigen Schritte zur Eisbude rüber. Während wir in der Schlange stehen, plaudern wir alle ein bisschen miteinander und auch mit Mikas Frau Freya kommen wir nach und nach ins Gespräch.

Mika heißt eigentlich ‚Mika-Lasse' und ist nicht ganz so dänisch, wie man es optisch vermuten würde. Groß, blond, weder dick noch dünn und er hat ein Lächeln, das mich zum Schmelzen bringt. Ich würde ihn mit dem Sternekoch ‚Tim Raue' in hellblond vergleichen, aber ohne diese dämonische, harte Seite, eher fröhlich und ständig einen Scherz ausheckend. Ein Mann dem sein Herz und seine Emotionen ins Gesicht geschrieben stehen. So wie bei ‚Michel aus Lönneberga', als erwachsenem Mann oder bei mir selber.

Sein Vorname ‚Mika' deutet allerdings auf eine finnischen Abstammung hin, was er uns auch bestätigt. Seine Mutter ist aus Finnland, sein Vater ist aus Dänemark, aber vom Festland. Da Mika in Dänemark geboren wurde, ist er ganz offiziell Däne.

Wir kommen dran und können uns unser Softeis bestellen. Freya macht etwas, was ich ideal finde: Sie bestellt ihr Eis nicht in der Waffel, sondern im Becher. Perfekt! So müssen wir uns gegenseitig nicht gleich was vorschlecken und Ole kann mit seinem Bart auch nirgendwo hängen bleiben. Freya wählt als Topping Schokoladen-streusel und Lakritz, was wohl typisch dänisch ist. Mika nimmt Krokant und wir bleiben wieder bei der pudrigen Kakao-mischung.

Die beiden erzählen uns, dass sie seit Jahren nicht mehr an dieser Bude waren, schon gar nicht während der Touristen-saison. Das Eis finden sie aber wirklich gut, darum sind sie heute auch hergekommen, bevor die Sommer-Touristen in Scharen her pilgern. Jetzt sind fast nur wir hier.

Wir beschließen noch ein bisschen zum Strand runter zu gehen, denn ihren PlugIn-Hybrid Wagen dürfen sie ja zwei Stunden an der Ladesäule stehen lassen. Wir haben also noch knapp 100 Minuten, um uns ein wenig kennenzulernen.

Zum Strand gehen wir selbstverständlich nicht zu viert, sondern als zwei mal zwei Paare. An meiner Seite geht zuerst Freya, später dann Mika und nicht Ole. Wir plaudern ein bisschen, wie schön es ist, wieder auf Bornholm zu sein. Mein Mann Ole bezeichnet Bornholm ja gerne als

‚seine Insel', weil er als Kind und Teenager jedes Jahr für zwei oder drei Wochen auf Bornholm war. Sommerurlaube haben einfach immer auf Bornholm stattgefunden. Teilweise mit der Oma zusammen oder mit befreundeten Ehepaaren und deren Kindern. Ole liebt die Insel.

Ich kann gar nicht sagen, warum wir bisher nur einmal nach Bornholm gefahren sind. Irgendwie hat sich das (bis vor vier Jahren) nie ergeben. Wir waren zusammen in diversen Regionen Deutschlands und Hollands, Portugal, Tunesien, in der Türkei, Cornwall und schon zweimal in Schottland, unserem bisherigen Lieblingsreiseziel. Ich habe aber das Gefühl, dieser Urlaub auf Bornholm könnte ganz neue Maßstäbe setzen.

Wer den Holzsteg zum Strand von Dueodde kennt, weiß, dass immer irgendwo mal ein paar Holzlatten ersetzt werden müssen. Aktuell ist der Steg aber in einem wirklich bescheidenen Zustand. Ganze Abschnitte sehen ungepflegt aus und wurden teils notdürftig mit dünnen Platten abgedeckt. Da muss jetzt aber ganz zügig noch was gemacht werden, wenn in den nächsten Wochen die Urlaubermassen mit Kinderwagen, Rollstühlen oder Krücken an den Strand wollen. Mika gibt sein Bestes, um mich vor Gefahrenstellen zu waren.

Dann weichen die Bäume und Dünen und die letzten Meter des Holzsteges reichen in den feinen sandigen Strand hinein. Was für eine Aussicht! Der schönste Strand von Bornholm, vielleicht sogar der Schönste von ganz Europa, liegt vor uns.

Es sind zwar keine 30 Grad und Badewetter, aber dafür ist der Strand heute fast menschenleer und das ist wirklich ein ganz besonderes Erlebnis.

Ich stehe am Ende des Steges und wundere mich einen winzigen Augenblick, dass der Sand heute doch recht tief unter der letzten Bohle liegt. Ich hatte in Erinnerung, dass das ein gleitender Übergang ist, aber da irre ich mich wohl. Ich muss da jetzt irgendwie runter.

Mika ist schon unten, dreht sich zu mir um und reicht mir spontan die Hand.

Guter Mann!

Ich ergreife seine Linke, mache einen Schritt in die Tiefe und stehe dann einen Augenblick später an seine Brust gedrückt im Sand.

„Du fühlst Dich gut an!" flüstert er und sieht mir direkt in die Augen.

Ich muss lachen und halte mich an seinen Schultern fest: "Und Du bist ganz schön frech!"

Verflixt ist dieser Mann süß! Ich bin mir immer noch nicht sicher, was das hier werden könnte, aber so ganz unsympathisch scheinen wir uns wirklich nicht zu sein.

Mika lächelt schelmisch.

Er lässt er ich los und wir lösen uns voneinander, dann gehen wir Freya und Ole hinterher.

Die beiden steuern direkt auf das Wasser zu und beginnen sich die Schuhe von den Füßen zu streifen.

„Was machen die beiden da?" frage ich und blicke Mika ratlos an.

„Freya liebt das Meer." antwortet er.

"Ole liebt es auch. Aber mir ist es fast immer zu kalt!" sage ich.

"Ja, mir auch. Darum lasse ich meine Schuhe auch an!" Aha! Mika und ich sind uns genauso einig wie Freya und Ole das offensichtlich auch sind.

Die Schuhe sind ausgezogen und schon hüpfen unsere Ehepartner kichernd in die sanften Wellen. Mika und ich stehen hingegen auf dem trockenen Sand und wundern uns.

„Komm rein!" ruft Ole und winkt mir begeistert. „Es ist gar nicht sooo kalt!"

„Oh nein!" flüstere ich und spüre, wie Mika neben mir kichert. „Was machen wir denn jetzt?" ich gucke Mika an.

„Wir versuchen es!" sagt der Däne und schon ziehen wir uns auch die Schuhe aus.

Ganz vorsichtig gehen wir den Strand runter und ich lasse mir etwas Wasser über die Zehen spülen. Kühl, aber wirklich nicht stechend unangenehm.

Ich mag nicht wirklich tiefer rein gehen, aber zumindest nehme ich Kontakt mit dem

Meer auf. Mika ist ähnlich zurückhaltend wie ich. Wir finden das nicht unangenehm, aber weiter rein gehen wollen wir halt auch nicht. Wir wechseln schnell wieder auf den trockenen Bereich und gucken unseren Partnern noch eine Weile zu, wie sie das Wasser genießen.

Irgendwann kommen die beiden dann aber auch wieder zurück auf den Strand und wir versuchen alle zusammen im Sand unsere Füße zu trocknen.

Üblicherweise muss man sich an dem vollen Strand etwas weiter hinten ein ruhiges Plätzchen suchen, aber da heute hier nichts los ist, lassen wir uns schon nach wenigen Schritten zwischen den sanften Dünen nieder.

Wir vergraben unsere Zehen im Sand und versuchen uns noch ein bisschen näher kennenzulernen. Da es zwischen Ole und Freya noch nicht ganz so stark knistert, sitzt er rechts von mir, während Freya links neben Mika sitzt, also uns gegenüber.

Wir unterhalten uns ein bisschen über unsere Anreise, was Ole so an Bornholm liebt und dass Mika die Insel erst so richtig durch Freya kennen gelernt hat. Freya lebt schon seit Kindertagen auf Bornholm, Mika ist vor einigen Jahren hier hin gezogen. Er ist früher schon zum Urlaub mit der Familie, später dann aus beruflichen Gründen auf Bornholm gewesen. Er lacht, zieht den Bauch ein und sagt, dass er damals ‚besser in Form' war. Wir müssen alle lachen und verstehen uns prima.

Freya war schon mal länger abwesend. Ich glaube zu verstehen, dass sie längere Zeit im deutschem Grenzgebiet gewohnt hat. Beide verstehen Deutsch ganz gut, unterhalten wollen wir uns aber doch lieber auf Englisch.

Wie es aussieht sind wir alle Katzen-freunde. Wir erzählen, dass unsere ersten gemeinsamen Katzen ‚Scully' und ‚Mulder' hießen. Mika muss lachen, denn die Namen findet er super.

Ihre eigene Katze hat auch einen lustigen Namen. Da wir alle Katzenfreunde sind und alle sehr naturverbunden sind, stimmt die Chemie bei uns definitiv.

Wir erzählen, dass wir gerne kochen und sie gerne zu einem BBQ einladen würden.

Ich bin gespannt, ob sie eine Einladung zum Grillen oder BBQ in unser Ferienhaus auch wirklich annehmen. Ich würde mich wirklich freuen die beiden wieder zu sehen, aber vielleicht machen sie ja jetzt gerade auch nur gute Miene und das hat sich hier heute auch direkt wieder erledigt.

Wir werden sehen.

Irgendwann ist es Zeit um wieder aufzubrechen. Der Wagen ist jetzt vollgeladen und die beiden müssen die Ladestation räumen.

Langsam gehen wir wieder paarweise über den Holzsteg zum Parkplatz. Mika und mir fällt erst fast am Ende auf, dass wir ganz schön vorgeprescht sind. Also warten wir irgendwann auf unsere Partner.

Während Mika so vor mir steht, wird mir seine besondere Ausstrahlung und Präsenz umso deutlicher bewusst. Ich fühle mich ‚wohl' und ‚sicher' bei ihm und finde seine offene Art sehr ansprechend. Ich muss aufpassen, dass ich ihn nicht anstarre, nur weil er so dicht vor mir steht.

Dieser Mann ist wunderschön, lieb und er macht mir irgendwie und ganz dezent Avancen. Zumindest kommt es mir so vor.

Ich kann gar nicht glauben, dass wir jetzt gerade wirklich auf diesem Holzsteg stehen und uns neugierig betrachten.

Sein Lächeln ist atemberaubend, seine großen Zähne absolut perfekt. Selbst das winzige grüne Salatkrümelchen zwischen den Zähnen finde ich attraktiv.

Ich bin mir ziemlich sicher, dass ‚swinger-mäßig' auf dieser Insel nicht viel los ist, aber ob swingen für die Beiden überhaupt in Frage kommt weiß ich nicht.

Vielleicht sind Mika und Freya ja auch an einem anderen Paar interessiert, aber wie kann man sowas denn nur ansprechen? Altersmäßig passen wir auf jeden Fall ganz gut zusammen und sympathisch sind wir uns auch.

Trotzdem ist das ein gefährliches Thema und unsere oberste Voraussetzung ist immer Freundschaft. ‚Ja' ich wäre sehr gerne mit Freya und Mika befreundet!

Ole und Freya sind wieder bei uns und wir kehren endgültig zum Parkplatz zurück. Die Verabschiedung ist herzlich, aber unverbindlich. Mika drückt mich deutlich an sich, aber ob ich ihn wiedersehen werde, kann ich jetzt nicht einschätzen, obwohl wir unsere Handynummern ausgetauscht haben. Wir wollen erstmal eine WhatsApp Gruppe einrichten.

Auf jeden Fall werde ich heute Nacht gut schlafen können und vorher ein bisschen an Mika denken.

Als das helle Coupe vom Parkplatz rollt, winken wir den beiden hinterher und steigen selber in unseren PKW.

Ole steckt den Schlüssel in den Schlitz, startet aber noch nicht.

„Wie findest Du die beiden?" fragt er mich.

Ich spüre, wie mein Gesicht sich zu einem riesigen Lächeln verzieht, ich kann das gar nicht verhindern.

„Die beiden sind der Wahnsinn!" kichere ich und beiße mir auf die Unterlippe.

„Oh Mann Emma, wenn Du wüsstest, wie Du ausgesehen hast..." Ole schüttelt den Kopf. „Der ist genau dein Typ, oder?"

Ich grinse. „Ich habe mich gefühlt, als wenn meine Hormone explodieren." Ich halte mir die Hand vor den Mund, weil ich irgendwas mit meinen Händen machen muss und mir das schon ein bisschen peinlich ist.

Ole schüttelt den Kopf, guck mich an: „So hast Du auch ausgesehen."

„Sorry, aber als er dastand und mich angelächelt hat, hatte ich nichts mehr unter Kontrolle."

„Emma, im Ernst: Das war ganz schön drüber."

Ich nicke, zucke hilflos mit den Schultern. „Ich hatte das wirklich nicht mehr unter Kontrolle! Tut mir leid!

„Hoffen wir mal, dass Mika und vor allem Freya das entspannt sehen."

„Denkst Du, wir sehen die beiden wieder?"

Ole macht eine unverbindliche Geste mit einer Hand. „Keine Ahnung. Wir haben sie ja zum Grillen eingeladen, wenn Sie

Interesse haben, werden sie es uns wissen lassen. Warten wir es mal ab."

Ich nicke. „Das müssen wir wohl."

Ole kichert und schüttelt wieder den Kopf. „Meine Frau... immer für eine Überraschung gut."

Dann startete er den Wagen und wir fahren zurück in das Ferienhaus.

Später sitzen wir uns am Tisch gegenüber, trinken einen Tee und knabbern Kekse.

„Wie fandest Du eigentlich Freya?" frage ich.

Ole schmunzelt. „Schön, dass Du fragst! Sagen wir es mal so – sie hatte nicht dieselbe Wirkung auf mich, wie Mika auf Dich, aber sie ist wirklich in Ordnung."

„Das klingt jetzt eher nicht so dolle." Erwidere ich und puste in den Teebecher um den Inhalt weiter abzukühlen.

Ole guckt mich an. „Stimmt, aber ich habe mir auch noch kein abschließendes Urteil gebildet."

„Aber du musst doch zumindest einen ersten Eindruck von ihr bekommen haben."

„Sie wirkt etwas zurückhaltend und hat wohl einen echt anstrengenden Job. Optisch ist sie vom Typ her kein bisschen wie Du, was mir auch mal gut gefällt. Sie ist aber bei weitem nicht so enthusiastisch wie Mika oder Du."

„Stimmt, zurückhaltend beschreibt sie gut, aber ich finde sie doch überraschend freundlich und sympathisch. Fast ein bisschen wie Du." sage ich. „Mika und ich sind ja generell etwas lebhafter gestrickt."

Ole lacht. „Das kann man wohl so sagen. Der Mann hat dich ja keinen Moment mehr aus den Augen gelassen."

„Wirklich? Ich bin mir da nicht so sicher gewesen."

Ole zieht die Augenbrauen hoch.

„Emma mal ehrlich, der Mann hätte Dich wahrscheinlich gerne in seinem Auto entführt und Du hast vor Begeisterung fast gesabbert!"

„Tschuldigung!" flüstere ich und gucke betreten in die Tasse.

Ole lacht. „Ich kenne Dich ja schon eine Weile, aber sowas habe ich noch nicht erlebt."

Ich stelle ich Tasse ab: „Also halten wir fest: Mika und ich sind enthusiastische, spontane Menschen und Freya und Du seid eher ruhig und zurückhaltend. Die beiden sind also ein bisschen wie wir, nur umgekehrt."

Ole nickt. „Gegensätze ziehen sich an! Das ist bei uns so und bei den beiden wohl auch."

Ich gucke Ole über den Rand des Bechers in meinen Händen an. „Und vorhin sind die beiden Enthusiasten auf einander getroffen."

Ole lacht. „Oh ja – und wie!"

„Denkst Du die beiden nehmen unsere Einladung zum Grillen an?" Das würde mich wirklich interessieren. Hoffentlich sagt er ja, auch wenn er nicht davon überzeugt ist.

„Wir werden sehen!" War klar! Ole möchte sich noch nicht entscheiden oder falsche Hoffnungen wecken. ‚Zurückhaltend' beschreibt ihn manchmal wirklich gut. Da kann er sich auf jeden Fall mit Freya zusammentun.

Ob Mika mit ihr gerade eine ähnliche Unterhaltung führt? Das könnte schon sein, werde ich aber wohl nie erfahren.

Wir belassen es erstmal dabei und verbringen den restlichen Abend mit einem kleinen Abendessen und spielen eine erste Runde Kniffel bzw. „YATZY", wie das Spiel international genannt wird.

Wir frühstücken und werden heute auf jeden Fall einkaufen gehen. Ich möchte unbedingt eine ‚Dagmartærte', einen typisch dänischen Kuchen in Rosenoptik mit weißem Zucker und dunklem Schokoladenflecken haben. Da freue ich mich seit vier Jahren drauf und die gibt es hier in fast jedem Supermarkt.

Ich bin ich komischer Stimmung. Freya und Mika kennen zu lernen, war wundervoll, aber ich habe mich wohl ganz schön peinlich benommen. Zudem haben wir gestern am Strand auch kurz über ganz schön emotionale, persönlich schwierige Themen gesprochen. Das bewegt mich immer noch.

Ich sollte hier glücklich sein, stattdessen bin ich kurz vor einem depressiven Schub. Ich muss was tun!

Ich möchte gerne wissen, was Mika denkt und ob wir uns vielleicht wirklich wiedersehen werden. Das muss ich jetzt irgendwie in Erfahrung bringen, sonst leidet der ganze Urlaub darunter.

Ein Griff zum Handy und schon tippe ich los.

11:20 - Emma:

> *Lieber Mika,*
>
> *mit Euch über meinen Burnout und den spontanen Tod unseres Katers zu sprechen, hat mich ganz schön traurig gemacht. Manchmal muss man sich wohl an schlechte Zeiten erinnern, damit man die Gegenwart zu schätzen weiß. Vielleicht ist das jetzt für unseren Urlaub ein guter Anfang.*
>
> *Es tut mir leid, dass ich Dich so angestarrt habe, aber das letzte Mal als ich einen so ausdrucksstarken und sympathischen Mann kennen gelernt habe, ist 30 Jahre her. Er war ein guter (aber schwuler 😰!) Freund von mir. Manchmal vermisse ich ihn!*
>
> *Dein Lächeln ist umwerfend!* 🩶 *(sogar mit etwas Salat zwischen den Zähnen)* 😼

Danke, dass ihr Euch gestern etwas Zeit für uns genommen habt.

Habt einen schönen Tag

Emma

Eine Antwort erhalte ich erstmal nicht.

Das wird sicher daran liegen, dass Mika tagsüber wahrscheinlich arbeiten ist. Aber ich gebe die Hoffnung noch nicht auf und hoffe auf eine kurze Antwort.

Ole und ich fahren tagsüber einkaufen, essen Kuchen auf der Terrasse und lesen ein bisschen. Ein schöner ruhiger, Urlaubstag. Am frühen Abend erlöst ein sanftes Brummen des Mobiltelefons mich endlich.

18:46 - Mika:

Manchmal ist das Leben hart und ungerecht 🙊.

Du bist stark und hast Dir dein Leben zurückgeholt. Darauf kannst Du sehr stolz sein!

Ich habe den Tag gestern wirklich sehr genossen und ich hoffe, dass wir uns alle 4 wiedersehen.

Na, also! Das klingt doch, als wenn er nicht total abgeneigt ist und er auf ein weiteres Treffen hofft.

Viel mehr kann man da aber jetzt auch erstmal nicht rein interpretieren oder herauslesen. Er hat sich gemeldet, das ist erstmal schön!

Was soll ich ihm nur antwortet? Ich möchte ihn nicht mit jeder Menge Text zuballern, aber ich möchte ihm auch ein deutliches Signal geben, dass ich ihn mag und sehr gerne wiedersehen würde.

Ratlos gucke ich auf mein Handy und tippe auf ‚antworten'. Dann habe ich eine Idee!

18:59 - Emma:

Ich habe ihm ja eh schon gesagt, dass ich sein Lächeln toll finde und ihn offensichtlich angehimmelt, da kommt es auf dieses schriftliche Küsschen auch nicht mehr an. Wer wagt gewinnt!

20:12 - Freya:

Liebe Emma, lieber Ole,

wir würden sehr gerne Eure Einladung zum BBQ annehmen.

Ich starre auf mein Handy und bekomme den Mund nicht mehr zu. Sie wollen sich wirklich nochmal mit uns treffen!

Ole starrt auch in meine Richtung, denn diese Nachricht ist gerade über unseren Gruppenchat reingekommen.

„Sie wollen mit uns Grillen!" sage ich und grinse über das ganze Gesicht.

Ole lächelt auch. „Das sieht wohl so aus."

„Wir müssen etwas antworten!"

„OK, das mache ich." Ole wackelt mit dem Handy, kurz drauf sehe ich seine Nachricht.

20:16 - Ole:

> *Das freut uns sehr! Passt Euch Mittwoch ab 18:30 h?*

Ole ist ein Fuchs, denn in Dänemark ist am Donnerstag Feiertag, so dass die beiden wahrscheinlich nicht arbeiten müssen und ausschlafen können. Zudem ist das schon Übermorgen. Zeit genug für uns, um ein wirklich gutes BBQ vorzubereiten, aber auch nicht so lange hin, wie das Wochenende.

Immerhin sind wir nur 2 Wochen hier und die ersten Tage sind schon vorbei.

20:16 - Mika:

> *Das ist Perfekt!*

> *Donnerstag ist hier ein Feiertag. Können wir Euch irgendwie helfen oder etwas mitbringen?*

20:16 - Ole:

Nein, danke!

Wir freuen uns auf Euren Besuch und wünschen Euch noch einen schönen Nachmittag.

Ole lächelt und legt das Telefon weg.

„Na, zufrieden?"

Ich lächele und lege mein Gerät ebenfalls weg. „Na klar! Was wollen wir den zu essen machen?"

„Schlag was vor, aber mach nicht zu viel!"

Ich denke kurz nach und mache einen Vorschlag: „Rippchen, Hähnchenbrust, BBQ-Sauce, Ofenkartoffeln mit Quark, Hirtenkäse mit Tomaten und Grillgemüse. Die Getränke übernimmst bitte Du."

Ole nickt. „Ok, aber bitte mach kleine Portionen, ich möchte nicht 3 Tage lang die Reste essen."

Ich nicke. „Gut – Deal!"

Wir lächeln beide. Ich denke wir haben erstmal alles erreicht, was möglich war.

Der Abend ist schön, und wir gehen in Gedanken beide unsere entsprechenden Planungen durch. Wir müssen einkaufen gehen.

Dringend… Soviel ist sicher!

Heute wollen wir einfach mal über die ganze Insel fahren, vor allem in den Norden, vielleicht sogar zur Burg Hammershus.

Als erstes machen wir aber noch einen Abstecher in den nächstgelegenen Baumarkt in Nexø. Ole hat die Idee, sich noch nach einer Hängematte umzusehen. Außerdem sind wir neugierig, ob ein dänischer Baumarkt sich von einem Deutschen unterscheidet. Wie wir feststellen, das tut er nicht.

Das Sortiment ist ähnlich, sogar ein paar bekannte Marken sind identisch. Wir gehen alle Gänge ab, der Markt ist auch nicht riesig groß. Eine Hängematte suchen wir aber vergeblich. Schade, das wäre bestimmt eine schöne Ergänzung für unseren Garten gewesen.

Wir verlassen den Markt und sehen hinter unserem Kombi eine hellgrüne Ape mit Ladefläche. Das Fahrzeug haben wir vorhin schon bewundert, jetzt steht aber ein älterer Herr daneben, der beschwerlich einen Pflanzkübel aus dem Einkaufswagen auf die Ladefläche hievt. Wir sehen das und mir ist klar, dass Ole sofort helfen wird.

Er geht zu dem Mann und spricht ihn an. Dann nimmt er die Gehhilfen aus dem Einkaufswagen und lehnt eine an die Ape, die andere nimmt der ältere Mann ihm ab. Ole greift sich die Pflanzkübel und ich bin beeindruckt, weil ich weiss wie schwer die Dinger sind. Als er alle auf der Ladefläche verstaut hat, klopft der Herr ihm auf die Schulter und bedankt sich lautstark mit „Tak, tak!". Ole sieht zufrieden aus, als er zu mir zurückkehrt, sage ich. „Das war die gute Tat für heute!"

Ole grinst nur und zuckt mit den Schultern. „Da konnte ich nicht einfach nur zugucken."

Ich lächele ihn an. Vorhin ist hier noch ein pummeliger Verkäufer über den Parkplatz gelaufen, aber geholfen hat dem Mann niemand, obwohl er wohl schon vorher drei Pflanzkübel gekauft und auf der Ape verstaut hatte.

Da hat keiner der Angestellten geholfen. Dänemark scheint da auch nicht anders als Deutschland zu sein.

Ich bin froh, dass Ole geholfen hat und wir fahren weiter zur Burg Hammershus. Die Burg ist toll und ich suche mir einen sonnigen Picknicktisch, ganz oben auf einem der Türme.

Ole möchte seine neue Kamera und verschiedene Objektive ausprobieren, ich gönne mir ein bisschen Sonne, lese in einem Buch und beobachte ein paar neugierige Vögel.

Hier oben auf dem Turm ist man wie in einer anderen Welt. Ich fühle, was mich auch in Schottland so fasziniert. Es ist, als wenn die Zeit hier anders läuft. Langsamer, ruhiger, entspannter.

Ich bin froh heute hier sein zu dürfen, mehr kann man dazu nicht sagen. Ole kehrt irgendwann zurück. Ich schätze er hat mindestens 500 Fotos gemacht.

Wir genießen beide noch ein bisschen die Sonne und fahren danach quer über die Insel zum Großeinkauf und anschließend zurück zu unserem Ferienhaus.

Für den frühen Abend hat Ole sich etwas ganz Besonderes einfallen lassen: Den Leuchtturm von Dueodde. Da wir ja eigentlich ein Ferienhaus direkt am Strand von Dueodde gebucht hatten, wäre der Leuchtturm von Dueodde für uns fußläufig zu erreichen gewesen. Jetzt wohnen wir deutlich weiter weg, so dass Ole mich erst zu einem weiteren süßen Krölle-Bölle Softeis einlädt und erst dann verrät er mir, dass er mit mir den Leuchtturm nicht nur ansehen, sondern auch gerne besichtigen möchte.

Ich verschlucke mich bei seiner Offen-barung und keuche eine Weile, bevor ein Stückchen Waffel doch noch den richtigen Weg die Speiseröhre findet. Ich sollte wirklich langsamer essen und besser kauen, bevor ich schlucke.

„Kann man den Leuchtturm denn einfach so besichtigen?"

Ole grinst. „Nein, man muss sich eigentlich vorher anmelden. Aber heute Abend ist er bis 21:00 Uhr für Besucher geöffnet."

Ich sehe auf mein Handy und die Uhrzeit. 18:15, also noch fast drei Stunden geöffnet und keine Chance zur Flucht in Sicht. Ich schlucke hörbar, dann murmele ich: „Wie schön!"

„Ja, das wird es." freut sich Ole. „Vertrau mir. Die Aussicht von da oben soll wirklich fantastisch sein."

„Aha…" sage ich leise und weiß nicht welche Aussicht mir jetzt schon weniger gefällt: Die endlosen Treppenstufen in Kombination mit meiner COPD Erkrankung oder meine starke Höhenangst, falls ich überhaupt jemals lebend oben ankommen sollte.

Ole schielt mich über seinen Brillenrand an. „Emma…"

Ich gucke zurück. „Hm?"

„Vertrau mir, das wird super!"

„Das sagtest Du schon." Ich schlucke. „Du weißt aber schon, dass ich mir ein paar Gedanken bezüglich der wahrscheinlich unüberschaubaren Menge an Stufen mache, die es zu überwinden gilt."

Ole setzt einen Moment bei Verzehr seines Softeis aus und sieht mich an. „Wir lassen uns so viel Zeit, wie Du möchtest."

„Aha…" Ich esse den letzten Rest meiner Eiswaffel. „Das bedeutet wohl, dass ich keine Chance habe mich dieser Herausforderung zu entziehen. Richtig?"

„Richtig!" Mein Mann nickt. „Du denkst, Du schaffst das nicht."

„Richtig! Und selbst wenn ich jemals oben ankomme, was möchtest Du dann sehen? Wie ich mich von da oben über das Geländer in die Tiefe übergebe, weil meine Höhenangst mir den Magen umdreht? Und statt mich dann in Luft auflösen zu können, muss ich auch noch die ganzen Stufen wieder runterkommen. Ik freu mir!"

Ole kichert. „Du bist echt süß. Wir sind noch nicht mal da und Du bist schon auf der Suche nach Ausreden, um da nicht hoch zu müssen." Damit steckt er sich das letzte Stücken Waffel in den bärtigen Mund.

Ich streiche mit den Händen über die Tischplatte vor mir. „Das kommt Dir nur so vor."

Ole ergreift meine Hände und sieht mich an. „Du wirst es mögen, vertrau mir."

Ich rolle mich den Augen und stoße die Luft geräuschvoll aus meinen Lungen. „Da kann ich ja quasi nicht mehr nein sagen."

Er lächelt und erhebt sich. „Lass uns gehen."

Wirklich nur wenige Minuten später erreichen wir den Fuß des Leuchtturmes. Bisher läuft alles gut, den Wagen haben wir bei der Eisbude stehen gelassen. Jetzt stehe ich vor dem sehr schlanken, hoch in die Luft ragenden Gebäude und starre auf ein kleines Schild neben der Tür. Bis zu der oben kreisförmig verlaufenden Plattform müssen Besucher fast zweihundert Stufen Höhenunterschied überwinden.

Ich schnappe schon beim Lesen innerlich nach Luft und spüre wie mir schlecht wird. Das hier ist der höchste Leuchtturm von ganz Bornholm und er hat fast zweihundert Stufen! Mir wird schlecht.

Wie zum Geier soll ich denn da hochkommen? Wie stellt Ole sich das nur vor? Ich kann mir das nicht erklären.

Ole umarmt mich von hinten. „Na, schon Angst?"

„Starr vor Schreck trifft es wohl eher." Ich sehe ihn an. „Wie kommst Du nur auf die Idee, dass ich da hochkomme?"

„Oh das ist einfach!" sagt Ole und zieht mich ein paar Schritte weiter um das Gebäude herum. Dann deutet er auf eine weitere Tür. „Wir nehmen den Aufzug."

Ich bin einen Moment sprachlos, starre meinen Mann nur an. Dann schlucke ich und muss lachen. „Es gibt hier wirklich einen Aufzug?"

Er nickt lächelnd. „Ja! Der ist für ältere Menschen, Gehbehinderte und besonders für lungenkranke Weibchen, die alle trotzdem ganz unbedingt da oben rauf wollen, um die Aussicht zu genießen."

Ich schäme mich, weil ich wirklich dachte, dass Ole mich erst da hochschleifen und mich dann wahrscheinlich versagen sehen wollte. Natürlich hatte er einen ,Plan B'.

„Es tut mir leid!" sage ich und versuche meinen wirkungsvollsten Dackelblick aufzusetzen.

Aber mein Mann lacht nur und drückt den Knopf neben der Tür, um den Aufzug zu öffnen. Nicht mal zwei Minuten später öffnen sich die schweren Türen und direkt vor uns sehen wir das endlose Meer. Aufzug fahre ich ganz gerne und auch Angstfrei, zumindest bis zu einer gewissen Höhe. Dieser Aufzug fährt etwa 40 Meter hoch, wobei der Turm knapp 47 Meter hoch ist. Das ist ganz schön hoch für mich.

Ole fast meine rechte Hand und wir treten gemeinsam einen großen Schritt auf die Plattform. Ich kann mich nicht erinnern jemals so hoch über der Erde über ein Geländer geschaut zu haben. Ich kenne einen etwa halb so hohen Aussichtsturm, der ist schon sehr grenzwertig und kaum erträglich für mich. Das hier ist Hardcore!

Die Balustrade und die Umzäunung sehen zwar stabil aus, aber mir wird trotzdem dezent übel. Meine Knie werden heiß und ich befürchte, dass sich gleich der Horizont verdrehen wird. Gar nicht gut!

„Ganz ruhig ein- und ausatmen Emma!" sagt Ole streng und beobachtet mich dabei genau. Er stellt sich direkt vor mich, damit ich nicht so genau auf die Umgebung achte, sondern nur auf sein Gesicht. „Atme Emma!"

Ich verstehe was er sagt und atme langsam gehorsam ein und aus.

Ole streicht mir mit den Händen über meine Oberarme. „Besser?"

Ich atme noch einmal mit geschlossenen Augen durch, dann sehe ich meinen Mann an. Meine Knie sind stabil, ich bin ruhig und mein Magen entspannt sich auch. Ich nehme die sehr frische etwas salzige Luft wahr und spüre die letzten Sonnenstrahlen auf der Haut in meinem Gesicht.

„Ja! Viel besser."

„Schön." Ole lächelt. „Möchtest Du direkt wieder runter oder Dich doch ein wenig umsehen?"

Ich denke nach, nehme meine Umwelt wieder richtig wahr und spüre sogar eine gewisse Neugier in mir. Also schiebe ich Ole zu Seite und mache einen Schritt nach vorne, während ich einen langen Hals mache und vorsichtig über das Geländer in die Tiefe gucke. Oho… Das ist verdammt hoch!

Ich atme bewusst ein und ganz langsam wieder aus. Ich schaffe das!

Ich gehe weiter an das Geländer und umfasse das Metall mit beiden Händen. Das wirkt stabil und gar nicht wackelig. Sehr gut!

Auf diesem Turm waren in den letzten Jahren wohl hunderte von Menschen. Wieso sollte er also ausgerechnet heute zusammenbrechen?

Ich sehe nochmal ganz bewusst nach unten und blicke von oben auf eine ganze Reihe Baumkronen. Grauenhaft!

Aber wenn ich nach vorne sehe, dann erkenne ich den fast weißen, breiten Strand von Dueodde und das tief blaue Meer.

„Das ist wunderschön!" sage ich leise. Ole stellt sich hinter mich und legt seine Hände links und rechts von mir an das Geländer und jetzt bin ich gefangen. Das ist gar nicht gut... Panik setzt ein und ich schiebe ihn energisch weg.

„Geht gar nicht!" keuche ich und flüchte die zwei Schritte zurück zum Mauerwerk. An die äußere Kannte gedrängt zu werden, war gar nicht angenehm.

„Sorry!" sagt Ole und hebt entschuldigend seine Hände.

Ich presse mich mit dem Rücken an den Turm und versuche mich zu entspannen. „Selber sorry! Das war mir irgendwie zu viel."

Ole lächelt vorsichtig. „Du bist nicht wirklich entspannt."

Ich sehe ihn an. „Hey, ich schreie nicht, das ist doch schon viel."

Ole lacht. „Stimmt und Deinen Humor hast Du auch noch, dann ist es wirklich noch nicht so schlimm."

Ich nicke und sehe mich vorsichtig wieder um. „Gibt es hier oben noch mehr zu sehen, als die schöne Aussicht?"

Ole nickt. „Ja, es muss hier oben noch einen Raum geben, in dem früher der Leuchtturmwärter seinen Dienst verrichtet hat."

Ich ergreife Oles ausgestreckt Hand und wir finden zusammen erst die Tür, die in das Treppenhaus führt und dann auch den Beobachtungsraum.

Wir öffnen die alte Holztür und betreten einen Raum in dem die Zeit irgendwann vor 50 oder auch 80 Jahren optisch stehen geblieben ist.

Es gibt eine Art gebogenen Schreibtisch, an dem man weit auf das Meer hinausblicken kann. Die Fenster sind holzgefasst und wurden wahrscheinlich unzählige Male gestrichen. Vor dem Tisch steht ein einfacher Holzstuhl und an den Wänden stehen verschieden Schränke und Regale, gefüllt mit Requisiten, wie alte Lampen, Kaffeebecher, Navigationsutensilien und einiges mehr. An den Wänden hängen Land- und Seekarten aus verschiedenen Jahrzehnten. Ich vermute, wenn man einmal hier oben seinen Dienst angetreten hat, dann musste hier oben einfach alles vorhanden sein, was man so braucht.

Ich sehe mich um. „Gibt es hier oben eine Toilette?"

„Musst Du ausgerechnet jetzt?" fragt Ole.

Ich lache. „Nein, pures Interesse."

„Zum Glück!" Ole lacht. „Sowas kann auch nur eine Frau fragen."

Ich sehe ihn an. „Wieso?"

„Emma! Männer brauchen keine Toilette."

„Was?" Ich bin verwirrt. „Wieso nicht?"

Ole lässt die Schultern resignierend hängen, dann erklärt er es mir. „Männer haben keine Periode, wir pinkeln einfach von hier oben runter, zumindest wenn nicht gerade Touristen unten rumstehen, was früher eher nicht der Fall war und für den Rest gibt es den Metalleimer dort drüben in der Ecke." Er zeigt auf das entsprechend behenkelte Blech.

Ich starre erst den Eimer, dann meinen Mann an. „Das ist nicht Dein Ernst!"

„Doch!"

Ich schlucke „Oh." und denke: ‚Männer!'.

Ich sehe mich weiter um und fasse natürlich auch das ein oder andere Objekt an, blättere in alten Aufzeichnungsbüchern und probiere ein altes Sturmfeuerzeug aus, das natürlich nicht aufflammt.

„Emma, nicht alles anfassen!"

Ich rolle mit den Augen. „Ist klar, aber es macht doch so viel Spaß alles anzufassen."

Ole ringt offensichtlich mit seinen Nerven und murmelt. „Was habe ich da nur geheiratet?"

Ich grinse ihn an und sehe mich weiter um. Mein Blick fällt auf mehrere Bücher und einen sehr modernen, etwas billig aussehenden Kugelschreiber. ‚Gæstebog' steht auf dem Buchdeckel.

Es ist also eine Art ‚Gästebuch', in dem jeder Besucher eine kurze Nachricht oder einen Spruch hinterlassen kann. Wir blättern ein paar Seiten durch und finden etwa gleich viele deutsche wie dänische Einträge. Englisch und andere skandinavische Sprachen sind eher selten zu finden.

Ein Eintrag fällt uns besonders auf, weil er mit vielen Herzchen am Rand verziert ist. Da hat sich jemand richtig viel Mühe gegeben.

Ole liest ihn laut vor:

I fyrtårnet:

Vejret er godt, meget langt at se. Kort: Det perfekte sted at LÆSE!

Ich sehe Ole an. „Weißt Du was das bedeutet?"

„Nein." sagt er leise. „Ich verstehe nur einzelne Worte. Irgendetwas ist gut zu sehen und scheint für irgendetwas perfekt geeignet zu sein. Würde ich mal vermuten."

„Soweit bin ich auch." sage ich und bin gleichzeitig mit dem mageren Ergebnis unserer Bemühungen so gar nicht zufrieden.

Ich greife zum Handy und sage: „Jetzt machen wir das mal ordentlich."

Ich tippe die Worte ein, drücken dann auf ‚übersetzten' und lese uns den Text auf Deutsch vor:

Im Leuchtturm:

Das Wetter ist gut, sehr weit zu blicken. Kurz, der perfekte Ort zum LESEN!

Ole lacht. „Na, das passt ja zur Lokation."

Ich nicke grinsend.

Ein Lachen kann ich mir gerade noch verkneifen. „Genau darum steht es wohl hier drin."

„Wollen wir auch etwas hineinschreiben?"

Ich schüttele den Kopf. „Nein, vielen Dank. Mir fällt da leider gerade nichts Ähnliches oder Passendes ein."

Ole grinst. "Mir auch nicht, aber ich habe das Gefühl, dass dieser Spruch nicht dänischen Ursprungs ist, sondern von Deutsch in Dänisch übertragen wurde."

„Das würde ich jetzt so spontan auch mal vermuten."

Wir lächeln beide, als wir den Raum wieder verlassen. Eine kurze Weile schauen wir uns noch die Aussicht an, allerdings trete ich nicht wieder so nah an das Geländer heran. Dann beschließen wir den Turm zu verlassen und ein paar Minuten später stehen wir wieder auf festem Boden.

Ole zieht mich in seine Arme und gibt mir einen zärtlichen Kuss. „Ich bin stolz auf Dich."

„Warum?" murmele ich an seinem Körper.

„Weil es Dich ziemlich viel Überwindung gekostet hat da rauf zu fahren."

Ich sehe zu ihm hoch und lächele. „Noch mehr Überwindung hätte es mich gekostet, da hoch zu laufen."

Ole lacht. „Oh ja, dann wäre es jetzt auch nicht mit einem kleinen Lob getan, sondern dann müsste schon mindestens ein Halbkaräter her."

Ich starre ihn an und zupfe an seinen T-Shirt. „Ein Halbkaräter? Und das sagst Du mir jetzt erst?"

Ole lacht und küsst mich erneut. „Besser ist das!"

Ich ziehe eine Schnute. „Scheiße!"

„Ich würde Dir aber gerne noch ein Eis spendieren."

„Sehr witzig und sehr, sehr billig." sage ich. „Du weißt doch genau, dass die Eisbude gegen 18 Uhr schließt. Wir haben vorhin also so ziemlich das letzte Eis des Tages bekommen."

Ole zieht mich fester an sich. „Wer sagt denn, dass ich ein Krölle-Bölle meinte? Wir

70

haben noch Eis im Ferienhaus und da würde ich Dir gleich gerne eine extra große Portion spendieren."

„Au ja." rufe ich und klatsche in die Hände, dann gehen wir zurück zum Wagen.

Wir gönnen uns noch ein paar schöne Stunden in unserem Garten und essen draußen auf der Terrasse ein großes gemischtes Eis mit Lakritz- und Schokoladensauce.

Spät abends finden wir in den Schränken einen zweiten Knobelbecher und starten mehrere Runden YATZY. Ole nutzt weiße, ich immer bunte Würfel und es wird ein sehr langer Abend.

Ich bin total aufgekratzt und wache schon sehr früh auf. Heute habe ich viel zu tun. Aufräumen, kochen und den Tisch draußen dekorieren.

Dann habe ich eine Idee, die ich umgehend in der Gruppe publiziere.

08:12 - Emma:

> *FYI: Falls wir / ihr doch etwas mehr Alkohol trinkt, können wir Euch ein eigenes Schlafzimmer mit eigenem Bad, Handtüchern und inkl. Frühstück anbieten* 😳

> *Das Haus ist für 5 Personen und daher entsprechend doppelt einge-richtet.*

> *Das ist wirklich gar kein Problem.*

> *Bis später* 😊

08:27 - Mika:

> *Das ist ein sehr interessantes Angebot - Danke* 🖤

Ich bin gerade noch arbeiten, aber morgen haben wir noch nichts konkretes geplant, wir können also ausschlafen. 😊

Ich hoffe auf einen gemütlichen, gemeinsamen Abend - und später vielleicht noch auf ein paar Umarmungen.

Ich starre auf mein Handy, dann beschließe ich ein mutige Antwort zu senden.

08:33 - Emma:

Das wünsche ich mir auch! 🤗

Freya und Mika kommen wirklich zum BBQ! Das kann ein spannender Abend werden!

Jetzt habe ich aber tagsüber erstmal genug zu tun.

Geplant ist, dass die beiden gegen 18:30 h bei uns sind, aber leider kommt erstmal was dazwischen.

Wir erhalten die Nachricht, die Maine-Coon Katze liegt auf Freyas Beinen, so dass sie nicht loskommen. Da kann man ja fast nix machen. Wenn eine Katze schläft, dann kann man ja auch nicht einfach losfahren! Wir kennen sowas auch.

Gegen 18:45 gucke ich mal vorsichtig von der Terrasse aus um die Häuserecke und ‚Juhu' sie sind angekommen. Dieses Mal nicht mit dem hellen Japaner, sondern einem anderen Wagen.

Lustigerweise ist das Fahrzeug von dem selbem Hersteller wie mein Kombi.

Ja es gibt technische Probleme bei den Franzosen, aber wir fahren sie trotzdem gerne und lieben sie. Ich hatte mal vierzehn Jahre lang einen roten französischen Van namens ‚Quasimodo'.

Das finden beide sehr lustig.

Wir gehen in das Haus und machen erstmal einen kleinen Rundgang. Überdachter Vorraum, kleiner Flur, dann zwei Schlafzimmer mit 2 bzw. 3 Schlafplätzen, zwei Badezimmer jeweils mit Dusche und WC und der große Wohn-Essbereich mit der Küchenzeile. In den Schlafzimmern sind beide Doppelbetten bezogen, da ich ja nicht weiß, ob sie unser Übernachtungsangebot nicht vielleicht doch annehmen. In dem entsprechenden Badzimmer liegen auch zwei große unbenutzte Handtücher.

Mika guck mich an. „Du bist wirklich gut vorbereitet!"

Ich lache: „Ja, das bin ich! Aber es ist trotzdem nur ein unverbindliches Angebot"

"Aha..." sagt er nur und zwinkert einmal.

Frecher Kerl! ...aber so süß.

Dann kommt Ole´s Auftritt indem er die Terrassentüre öffnet und wir alle draußen den Ausblick genießen. Selbst Freya und Mika bleibt vor Überraschung einen Moment der Mund offenstehen.

„Was für ein unglaublich schöner Ort!" sagt Mika.

Er guckt Ole an. "Das Haus ist viel besser als das stornierte, oder?"

"Sehr viel besser!" sagt Ole. "Komm, ich muss Dir etwas zeigen."

Und schon laufen die beiden Männer durch den großen Garten zu der Holzterrasse, die sich links, direkt vor dem Strand befindet.

Freya und ich bleiben erstmal am Haus und unterhalten uns noch ein bisschen. Ole und Mika scheinen auch in ein anregendes Gespräch vertieft. Der Abend beginnt gut aus meiner Sicht und ich hoffe und bete, dass meine begrenzten Englischkenntnisse mich heute Abend nicht im Stich lassen werden.

Freya und ich hatten am Strand schon mal kurz darüber gesprochen, dass es doch wesentlich einfacher ist eine WhatsApp zu schreiben, die man ja noch lesen und korrigieren kann, als die ganze Zeit frei sprechen zu müssen. Aber jetzt ist wohl mehr direkte Konversation angesagt.

Wir plaudern ein bisschen über Frauen-Themen wie Haarausfall und Second-Hand Läden, dann gesellen wir uns zu den Männern, die sich immer noch unterhalten.

Mika lächelt mich an. „Es ist unglaublich schön hier." sagt er anerkennend.

„Ja! Da habe ich morgens um 4:30 Uhr wohl das richtige Haus für uns gefunden." erwidere ich.

Ich habe das starke Gefühl, dass er hier auch gerne ein paar Tage bleiben würde. Ob mit oder ohne uns, kann ich nicht sagen. Aber das Haus und diese kleine extra Terrasse direkt am Meer, gefallen ihm sichtlich gut.

Ole sagt, dass die beiden sich gerade überlegt haben, den Tisch und die Stühle auf die Terrasse zu schleppen um dort zu essen. Die Idee ist schön, aber aufwendig. Wir entscheiden uns dagegen und kehren zum Haus zurück.

Freya und Mika haben noch eine schöne Karte mit Katzenmotiv für uns besorgt in der sich 200 DDK befinden. Wir sind irritiert und die beiden erklären, dass sie gerne mit uns in ihre Lieblingseisdiele fahren würde, dafür aber keine Zeit finden. Trotzdem sollen wir hinfahren und auf ihre Kosten alles durchprobieren. Das machen wir gerne und werden Ihnen Beweisfotos schicken.

Dann setzen wir uns und essen. Wir haben mariniertes Grillgemüse, Kartoffeln mit Kräuterquark, Hirtenkäse mit Tomaten überbacken und verschiedene Fleischsorten. Kartoffeln mit Quark ist wahrscheinlich so eine typisch deutsche Sache. Die beiden kennen das nicht und den Quark musste ich auch selber machen, im Supermarkt habe ich sowas nicht gefunden.

Mika ist von dem heißen Hirtenkäse mit Tomatenwürfeln völlig begeistert. Die meisten Weißkäse schmecken ja eher grausam, aber der, von einem bestimmten Supermarkt, ist wirklich lecker.

Mika möchte unbedingt wissen, wie wir das gemacht haben. Ich erkläre es und beschließe ihm später die Reste auch noch einzupacken. Kulinarisch können wir diesen Dänen also schon mal begeistern.

Bei Freya gelingt uns dieses Glanzstück mit karamellisierter Ananas, Vanilleeis und Lakritz-Sauce auch. Volltreffer! Ananas scheint in Dänemark ein eher wenig beachtetes Obst zu sein, wir geben ein paar Tipps zum Kauf und wie man Ananas grillen oder braten kann.

Der Abend läuft gut!

Irgendwann passt einfach nichts mehr in uns rein und wir räumen das Geschirr in die Küche. Uns ist nach Bewegung. Der frühe Abend ist angenehm und der Strand liegt direkt vor unserer Tür. Also beschließen wir uns noch ein wenig die Beine zu vertreten.

Für diesen Spaziergang habe ich mir extra noch in einem Second-Hand Shop schwarze Wasserschuhe angeschafft, die ich zu Hause vergessen habe.

Wir ziehen die Jacken an und gehen zum Strand runter. Irgendwie sind wir anfangs noch zu viert, Ole und Freya setzten sich aber irgendwann vorne ab, weil sie eine Gruppe Schwäne auf dem Meer betrachten und irgendetwas von „Killer Schwänen" murmeln. Aber vielleicht verstehe ich da akustisch etwas falsch.

Vielleicht ist der Abstand aber auch nur entstanden, weil Mika recht langsam läuft, was mir in dem weichen Sand sehr entgegenkommt.

Und dann kommt der Moment auf den ich gewartete und gehofft habe: Ich spüre

Mikas Hand auf meinem Rücken. Sanft aber doch eindeutig. Dies ist keine zufällige Berührung, sondern pure Absicht!

Meine Emotionen schießen in die Höhe, ich muss für einen kurzen Augenblick die Augen schließen und durchatmen. Keine Ahnung ob er meine Reaktion bemerkt, aber er nimmt seine Hand nicht weg, sondern streicht mir langsam über den Rücken. Ein sehr schönes Gefühl.

Glücksgefühle schießen mir wie Adrenalin durch die Adern und in diesem Augenblick würde ich am liebsten noch zwei Stunden mit diesem Mann am Strand entlang spazieren. Hauptsache seine Hand bleibt auf meinem Rücken.

Viel zu schnell für meinen Geschmack nimmt er die Hand wieder weg. Vielleicht möchte er mir Zeit geben um zu überlegen, ob das in Ordnung war. Ja, das war es, aber es hätte auch die Berührung jedes anderen Freundes sein können, mit dem man ein bisschen spazieren geht. Dass Männer und Frauen sich auch mal berühren oder in den Arm nehmen, wenn sie spazieren gehen und sich unterhalten, ist ja nichts Ungewöhnliches. Zumindest nicht für Ole, mich und unsere Freunde. Wir berühren uns mindestens zur Begrüßung, zum Abschied und auch mal zwischendurch. Das ist einfach so üblich.

Mika nimmt mich wieder in den Arm. Jetzt reagiere ich ein wenig eindeutiger. Ich laufe langsamer, rücke ein bisschen an ihn heran, so dass sich unsere Schenkel beim Laufen brühen. Jetzt sollte ihm klar sein, dass seine Berührung nicht unwillkommen ist. Sanft streicht er mir über den Rücken und ich spüre, dass seine Hand zittert. Nicht nur ein bisschen, sondern ganz schön stark. Dieser Mann ist nervös!

Das ist ja völlig verrückt! Der Mann ist 50 Jahre alt, sieht aus wie ein nordischer Halbgott und seine Hand zittert, weil er mir beim Spazierengehen über die Jacke streichen darf. Seine Finger verweilen ein paar Augenblicke an meiner Hüfte, während wir sehr langsam und im Gleichschritt weitergehen. Wir passen uns jetzt an einander an. Vorher ist jeder mehr für sich gelaufen, jetzt versuchen wir unsere Bewegungen zu synchronisieren. Seine Hand zittert immer noch. Ob ihm seine Reaktion überhaupt bewusst ist?

Als ich mit einem Schulkameraden damals die Abitur-Abschlussrede gehalten habe, lagen seine Hände auf dem Rednerpult neben meinen und haben auch so gezittert. Spontan habe ich seine Linke damals ergriffen und während unserer Rede die ganze Zeit festgehalten, um ihm Sicherheit zu vermitteln. Eigentlich hatten wir in all den Jahren gar nicht viel miteinander zu tun, aber mir schien das damals angemessen und es hat auch sonst niemand mitbekommen, weil das Pult vorne einen Sichtschutz hatte.

Später habe ich mich für mein Verhalten entschuldigt und er sagte, er hätte das gar nicht mitbekommen.

Mika Hand bewegt sich wieder, er streicht über meine Rücken lässt mich dann aber wieder los. Das ist blöd und gar nicht das, was ich mir eigentlich wünsche. Ich hätte gerade gerne mehr Kontakt mit ihm und ich denke ich muss jetzt etwas tun, bevor er auf die Idee kommt, dass seine sanfte Annäherung nicht gewünscht ist.

Ich bin mir gerade gar nicht sicher ob und worüber wir sprechen. Ich warte nur darauf ob er mich wieder berührt und was ich dann selber am besten tun kann. Ihn zu berühren wäre wundervoll und gleichzeitig auch ein sehr deutliches Zeichen meines Einverständnisses. Möchte er das überhaupt? Wahrscheinlich schon.

Darf ich damit anfangen?

Oder soll ich noch warten?

Der Strand ist zwar menschenleer, aber immerhin ist er ein verheirateter Mann und unsere Ehepartner laufen nur ein paar Meter vor uns her und scheinen sich gut zu verstehen. Allerdings mehr verbal, weniger in körperlicher Hinsicht.

Was ist, wenn die beiden bemerken, dass wir hier hinten ein bisschen miteinander anbandeln und das weniger gut finden?

Mir bleibt keine Zeit um weiter zu grübeln, denn Mika nimmt mir die Entscheidung ab, indem er mich wieder berührt. Gott, der ganze Mann scheint zu zittern. Er wartet definitiv auf eine Reaktion meinerseits und die soll er jetzt auch bekommen!

Ich lege meine rechte Hand auf seinen Rücken und jetzt gibt es wohl keinen Zweifel mehr, dass wir uns körperlich attraktiv finden und diesen Spaziergang miteinander genießen möchten.

Ich lehne mich an ihn und genieße den Moment, als seine Umarmung kurz fester wird. Das wichtigste ist aber, jetzt lässt er mich nicht wieder los! Wir bleiben zusammen und gehen weiter, als wenn diese Situation einfach unvermeidbar gewesen wäre.

Hoffentlich ist das für Ole und Freya in Ordnung. Ich genieße es jedenfalls gerade sehr diesem großen, freundlichen Dänen ein bisschen näher sein zu können.

Ein komisches Gefühl.

Ein aufregendes Gefühl.

Ein schönes Gefühl.

„Mika, darf ich Dich etwas fragen?"

Er sieht zu mir runter: "Was möchtest Du wissen?"

"Wieso interessierst Du dich für mich?"

Das würde mich wirklich interessieren. Was sagt er jetzt? Meine großen Brüste? Dass ich verfügbar bin? Weil ich ihn offensichtlich anschmachte? Ich komme wirklich gut mit Männern aus und flirte auch gerne ein bisschen, aber keiner von denen hat jemals ernsthaftes Interesse an mir gezeigt.

„Ich mag Deine Lebendigkeit! Du hast eine tolle Ausstrahlung und so viel Energie!"

Ich starre ihn einen Augenblick an. „Meine Energie?" Dann muss ich laut lachen. "Davon habe ich wirklich genug. Das reicht für zwei oder auch gleich drei Frauen."

„Das glaube ich sofort!" Er lächelt auch, zieht mich wieder kurz an sich. Dann beugt er sich ein wenig zu mir herunter. „Und Du bist ein bisschen verrückt, genau wie ich. Das mag ich sehr!"

„Verrückt?" Ich sehe in sein strahlendes Gesicht „Ich weiß genau was Du meinst, und mein Mann leider auch."

Ja, das weiß ich wirklich. Mika und ich sind beide extrem emotionale, spontane Menschen. Wir verstecken unsere Gefühle nicht, sondern tragen unsere Herzen auf der Zunge, reden zu viel und lassen uns von spontanen Ideen mitreißen. Freya und

Ole sind eher ruhige Menschen, überlegen und denken zuerst an mögliche Konsequenzen und versuchen jede Handlung erstmal zu planen. Mika und mir kann man jede Emotion und jeden verrückten Gedanken im Gesicht ablesen und wir stehen dazu. Wir sind so!

Wahrscheinlich sind es genau diese Gegensätze die uns an unseren Partnern gefallen und andererseits ist es für uns beide eine spannende Erfahrung einen Menschen zu treffen, der genauso spontan und offen ist, wie man selber. ‚Verrückt' ist wirklich der richtige Begriff für uns und diese Situation!

Wir beobachten Freya und Ole, die lachend und sich unterhaltend vor uns herumalbern. Sie scheinen sich gut zu verstehen, aber das hatten wir mir Laura ja auch schon und mehr war da dann nicht.

"Ich hoffe die beiden mögen sich auch." flüstere ich.

"Das hoffe ich auch! Freya hat gerne einen starken Partner, der ihr genau sagt, wo es lang geht und was sie tun soll."

Mist! Das passt so gar nicht zu Ole! Ich gucke Mika an „Oh! Houston wir haben ein Problem. Ole ist eher zurückhaltend und soft. Er ist ein sehr sanft Mann - immer!"

Mika schaut mich nachdenklich an: "Lass uns mal eines klarstellen: Beim Sex habe ich die Hosen an und sag wo es langgeht!"

Ich muss lächeln. "Genau was ich möchte! Ich muss ständig irgendwelche Entscheidungen treffen. Da möchte ich wenigstens im Bett mal mein Gehirn abschalten können."

Er lächelt. "Verstehe ich das richtig: Ole ist Dir nicht dominant genug?"

„Was Ole macht ist wundervoll. Aber hin und wieder wünsche ich mir schon, dass er dominanter wäre. Er bemüht sich ständig mir Alles recht zu machen. Er fragt sogar zwischendurch, ob er die Geschwindigkeit oder die Richtung ändern soll… da könnte ich losschreien 'Hör auf zu quatschen – tu lieber was!"

Mika muss lachen, zieht mich an sich und sagt.: „Das sehe ich gerade vor mir! Er möchte es besonders gut machen und du hast keine Lust mehr."

Ich nicke und mache eine hilflose Geste mit den Händen. Mika lacht. „Armes Mädchen!"

Wir lachen beide kurz, aber ich bin mir sicher, er meint das trotzdem ernst.

„Ehrlich: Was er mit seinen Händen anstellt ist perfekt!" ergänze ich um Ole wieder in ein korrektes Licht zu rücken. Mika soll nicht den Eindruck bekommen, dass ich mit Ole nicht glücklich oder unzufrieden wäre, denn das bin ich nicht.

Er guckt mich an. „Macht er denn irgendetwas spezielles?"

"Ole hat sich massagetechnisch fortgebildet. Er hat Seminare für Akupressur and Anti-Stress-Massagen besucht."

"Oh!" Mika überlegt einen Moment. "Und das kann er richtig gut? Nur mit seinen Händen?"

Ich nicke. „Ja, genau!" Ich grinse und zupfe an Mikas Jacke. "..und mit einem 30 cm langen, schwarzen XXL-Vibrator."

Mika bleibt stehen und starrt mich an. „BITTE?"

Ich nicke und gehe langsam weiter. „Das hast Du schon verstanden! Er ist der 'running gag' bei jedem Seminar. Die Kursleiterin kennt Ole seit Jahren und kennt auch den Vibrator. Zu den Seminaren werden ganz verschiedene Massagepistolen mitgebracht und Ole bringt das schwarze Monstrum mit. In den Kursen sitzen fast ausschließlich Frauen, wenn die Kursleiterin dann sagt 'Achtung Mädels, Ole kann mit dem Ding auch umgehen!' dann steigt die Stimmung schlagartig."

Mika bekommt den Mund kaum noch zu und starrt mich an. „Er macht diese Seminare deinetwegen? Mit oder ohne Dich?

"Mika - Wir sind doch Trainer! Ole braucht dieses Monster für die Massage von Pferden!"

Ich lache laut. „Ole kann mit seinen großen Händen mit dem Vibrator halt viel besser umgehen, als mit so einer kleinen Massagepistole für Frauenhände."

Mika schlägt sich die Hände vors Gesicht und lacht laut. „Natürlich… Pferde! Ihr habt das erwähnt, aber daran habe ich gerade nicht gedacht. Tut mir leid!"

Wir gehen weiter, aber ich muss da noch etwas ergänzen. „Nur damit Du ganz klar siehst – wir haben zu Hause natürlich einen identischen Vibrator!"

Mika guckt mich an. "Oh!"

Ich grinse und zwinkere ihm zu. „Oh ja!"

„Schön für Dich! Und vielleicht gut für Freya, denn sie mag es sehr eine Massage zu bekommen. Sie hat Rückenprobleme"

"Ole macht das zwar nicht beruflich, aber ich fühle mich danach deutlich besser!"

Mika nickt. „Schon klar. Ich halte das trotzdem mal im Hinterkopf. Im richtigen Moment kann das wichtig sein. Vertrau mir!"

Wir kichern beide und nicken.

„Bitte versteh mich nicht falsch. Ole ist mein ein und alles! Wir passen perfekt zusammen und was er mit seinen Händen macht, ist absolut aufregend und befriedigend. Ich liebe ausschließlich ihn und niemanden sonst!"

Er sieht mich an. "So geht es mir mit Freya auch. Sie ist perfekt und ich möchte nichts machen, was ihr irgendwie weh tut oder unsere Ehe gefährdet."

Wir erreichen wieder den Strand vor unserem Haus. Freya und Ole sind schon oben verschwunden, mir steht der kurze, sandige Aufstieg noch bevor. Mika stellt sich dicht hinter mich, klar dass er sich in die beste Ausgangsposition begeben möchte.

Schon beim ersten Schritt in den feinen, trockenen Sand an dem Hügel versinke ich bis zum Fußgelenk und kann mein Gleichgewicht kaum halten. Mika packt meine Hüfte und hält mich fest. Wir müssen beide lachen. Wenn ich jetzt wirklich umkippe, dann liegen wir jetzt gleich übereinander im Sand. Aber so leicht gebe ich nicht auf und will ich es ihm auch nicht machen! Ich kämpfe mich die wenigen Schritte den Abhang nach oben und Mika schiebt kräftig von hinten. Wir kommen irgendwie aufrechtstehend oben an und müssen beide lachen. „Danke für die Hilfe!"

bringe ich heraus, während er „Bitte schön, gerne geschehen." kichert.

Wir kehren ins Wohnzimmer zurück, Mika setzt sich zu Freya mittig auf das Sofa, Ole und ich machen erstmal eine Runde Getränke für alle.

Ich setzte mich mit meinem Cocktail seitlich auf die Récamiere, Ole sich auf einen Hocker dem Sofa gegenüber.

Wir stoßen alle zusammen an und plaudern über ein paar belanglose Dinge. Mika stellt sein Glas ab und hebt einen Zeigefinger, um unsere Aufmerksamkeit zu erregen. „Noch was!"

Wir gucken ihn neugierig an. „Kennt ihr noch einen anderen deutschen Touristen, der aussieht wie Du?"

Mika guckt Ole an.

Wir schütteln den Kopf, Ole sagt: „Nein, warum fragst Du?"

Mika trinkt einen Schluck. „Das ist eine nette Geschichte! Unser Nachbar war in einem Baumarkt und hat da sechs Pflanzsteine gekauft. Beim Verladen der schweren Steine hat er unerwartet Hilfe eines deutschen Mannes bekommen, der wohl so aussah wie Du."

Ole und ich schmunzeln und tauschen einen Blick. Ich sehe Mika an. „Der ältere Herr mit der grünen Ape ist Euer Nachbar? Das ist lustig!"

Mika nickt. "Ja und er war völlig begeistert von Ole, weil ihm sonst niemand geholfen hat."

Ole nickt. "Ich konnte doch nicht einfach stehen bleiben und nur zugucken. Ich weiß doch, wie schwer die Dinger sind und die Ladefläche ist ziemlich hoch."

 Mika hebt sein Glas und stößt mit Ole an. „Das war sehr lieb von Dir. Der Mann ist 78 Jahre alt und braucht manchmal ein bisschen Hilfe."

Ole lächelt. "Er sah aus wie ein freundlicher, dänischer Opa."

"Da hast Du recht! Ich würde ihn als Opa auch sofort nehmen."

Freya guckt uns an und ergänzt: "Er ist wirklich ein lieber, älterer Herr und er war so stolz, dass er diese Steine bekommen hat."

Ole wundert sich ein bisschen. „Warum hat der die Pflanzsteine in Nexø gekauft? Das ist von Euch aus doch ziemlich weit weg."

Mika nickt, "Richtig, aber in Rønne waren sie ausverkauft."

Ole nickt. "Respekt! Das war ein ganz schön langer Weg für ihn."

"Ja!" Mika lächelt wieder: "Jedenfalls… vielen Dank für Deine Hilfe. Das war Klasse!"

Wir stoßen nochmal mit den Gläsern an und prosten uns gegenseitig zu. Die Welt ist manchmal einfach nur ein Dorf und man sieht sich mindesten zweimal im Leben. Das hier ist mal wieder der Beweis dafür.

Ole steht auf, holt den Laptop vom Küchentisch, stellt ihn mittig auf den Tisch, so dass wir alle zusammenrücken müssen.

Ole quetscht sich rechts neben Freya, ich setzte mich links neben Mika, dem das sichtlich gefällt.

Wir gucken uns die ersten Urlaubsbilder an, fragen nach ein paar speziellen Ideen, was wir auf Bornholm machen können.

Freya und Mika sprechen von einem speziellen Naturschutzgebiet, in dem Schafe und andere Tiere frei herumlaufen und das landschaftlich wunderschön sein soll.

Wir erzählen, dass wir noch eine Kutschfahrt machen und mit der MS Thor fahren wollen. Freya und Mika finden die Ideen toll, sagen dass sie das selber auch mal wieder machen müssten.

Ole macht uns noch eine Runde Getränke, für Freya macht er sogar eine heiße Schokolade mit Schuss. Das hat sie sich gewünscht, hatte aber gar nicht damit gerechnet, dass wir auch solche ‚ausgefallenen' Wünsche erfüllen können.

Mikas Hand berührt mein rechtes Knie. Das ist aufregend, aber ich bin gespannt, wie Freya darauf regiert. Sie hat (wie Ole auch) zwar mitbekommen, dass Mika und ich uns beim Spaziergang nähergekommen sind, aber jetzt hier zu sitzen und seine Hand auf meinem Knie zu sehen, ist wohl noch etwas anderes.

Ich frage mich selber, ob ich das angenehm finde, denn ich weiß nicht genau wie Freya zu dem Thema ‚swinging' steht und ob sowas für sie in Frage kommt. Und ich frage mich, ob es für Freya in Ordnung ist, wenn ihr Mann mich so offensichtlich anbaggert?

Und was ist mit Mika? Ist er überhaupt an mehr interessiert oder spielt er gerade nur ein bisschen mit uns?

Ich überlege noch, was ich machen soll, da setzt Mika noch einen drauf. Er streichelt nicht nur mein Knie, sondern mit der rechten Hand auch Freyas Oberschenkel.

"Ich habe hier wohl gerade die beste Position. Genau zwischen zwei wunderschönen Frauen!" sagt er und guckt von einer zur anderen. Ole setzt sich dem Sofa gegenüber auf einen Ledersessel und prostet ihm zu. „Ja, die hast Du."

Ich komme mir irgendwie blöd vor. Ole darf nicht richtig mitspielen und ich überlege, wie weit das aus Mikas Sicht hier noch gehen könnte. Vermutlich weiter, als ich mir das jetzt gerade vorstellen kann.

Freya steht auf. Ich vermute, ihr passt die Situation nicht und sie sagt jetzt gleich etwas Entsprechendes. Aber da liege ich fasch.

Sie erzählt etwas von Rückenschmerzen und setzt sich mit einem festen, kleinen Kissen in den hohen Ledersessel mit dem separaten Fußbänkchen. Wie es aussieht hatte sie einen Bandscheibenvorfall an denselben Wirbeln, an denen Ole eine Vorwölbung hat. Die beiden unterhalten sich also wieder und ich habe Mika für mich alleine. Wir reden nicht, genießen es einfach nebeneinander zu sitzen und uns zu berühren.

Seine Finger streichen weiterhin über mein rechtes Knie und ich lege meine Hand auf seine. Unsere Finger verschränken sich und ich wünsche mir, diesen Mann irgendwann an anderen Körperstellen berühren zu können. Nicht nur seine Finger.

Für heute Abend reicht es mir aber eigentlich. Ich würde Mika ungerne vor seiner Frau küssen oder vor Freya und Ole sonst irgendwie mit ihm intim werden.

Der restliche Abend verläuft ruhig und unspektakulär. Wir unterhalten uns alle durcheinander, Ole und Freya sitzen in zwei Sesseln dicht nebeneinander, Mika und ich zusammen auf der Couch.

Gegen 1:00 h in der Nacht fahren die beiden dann nach Hause. Wahrscheinlich eine gute Idee, obwohl ich auch gegen ein gemeinsames Frühstück am nächsten Morgen nichts einzuwenden gehabt hätte.

Aber das ist selbstverständlich ihre Entscheidung.

Die Beiden sind etwa eine Viertelstunde weg, als mein Blick auf das Schränken in der Diele fällt. Dort steht noch ein Glas selbstgemachte Erdbeermarmelade, sowie eine Tüte mit Weingummi mit ,Almduddler' Geschmack, die wir Freya und Mika mitgeben wollten.

Sowas kennen die beiden bestimmt nicht und weil das keine handelsübliche Sorte ist, wollten wir ihnen eine Tüte schenken.

Käse! Das konnte nur passieren, weil die beiden nicht durch die Haustüre gegangen sind, sondern wir uns hinten auf der Terrasse verabschiedet haben.

Ich greife zum Mobiltelefon.

01:17 - Emma:

> *Oh... wir haben vergessen Euch ein Glas selbstgemachte Marmelade mitzugeben (Erdbeere, Vanille, Grenadine) und Weingummi.* 😖

> *Die hatten wir extra für Euch bereitgestellt.* 🙈

Wenn wir Eis essen sind, schicken wir Euch ein Beweisfoto.

Gute Nacht! 😜

01:38 - Freya:

Sind gerade zu Hause angekommen

01:39 - Emma:

Danke für die Info & gute Nacht!

01:43 - Ole:

Das war ein sehr schöner Abend. 😳

Wir hoffen, wir wiederholen das mal.

Schlaft gut 😴

Danach gehen wir auch ins Bett. Bisher waren wir zu aufgewühlt und haben noch ein bisschen aufgeräumt.

Wir denken, der Abend ist so gut gelaufen, wie es möglich war. Allerdings wäre es schön gewesen, wenn Freya ein bisschen mehr Interesse an Ole gezeigt hätte.

Es war aber nicht wirklich zu erwarten, dass Ole und Freya genauso voneinander fasziniert sind, wie Mika und ich es sind.

Vielleicht möchte sie Ole erst noch besser kennen lernen oder hat sich einfach noch nicht entscheiden, wie es weitergehen könnte.

Für mich ist der Abend optimal verlaufen. Der Strandspaziergang war wunderschön und ich denke, dass Mika mich mag. Hoffentlich sehe ich ihn wieder und vielleicht geht da ja noch etwas mehr. Träumen ist in diesem Urlaub definitiv erlaubt!

Ich schlafe recht lang und gönne mir mit Ole gegen 9:00 Uhr ein eher spätes Frühstück.

Was haben wir am 18. Mai gemacht? Viel!

Nach einem leckeren Frühstück (natürlich mit Kaffee, Toast, Rulepølse und Marmelade) sind wir nach Gudhjem gefahren um dort eine der weltbesten Zimtschnecken zu bekommen. Leider ist aber noch keine Hauptsaison, was bedeutet, dass einigen Geschäfte noch nicht jeden Tag geöffnet haben. Die Bäckerei hat zum Beispiel nur von Freitag bis Sonntag auf. Daher gehen wir hier heute leer aus.

Unten im Hafen sehen wir, dass in etwa fünfzehn Minuten die ‚MS Thor' zu einer Rundfahrt ablegen wird. Wir hatten vor die Tickets im Vorfeld zu buchen, aber da wir jetzt gerade hier sind, wollen wir versuchen ganz spontan zwei Plätze zu ergattern.

Das Schiff kommt und wir haben vorsaisonales Glück. Wir können direkt vor Ort noch Tickets kaufen, obwohl alle anderen Mitfahrenden schon lange vorher reserviert haben.

Die Rundfahrt dauert 60 Minuten und geht an der Küste entlang. Die Erklärungen erfolgen in Dänisch und Englisch, so dass wir das Meiste gut verstehen können.

Ich möchte Freya und Mika informieren, dass wir in Gudhjem sind und später die Eisdiele ausprobieren werden.

11:35 - Emma:

Guten Morgen 🖤

Tut uns leid, dass wir vergessen habe Euch die Süßwaren mitzugeben. 🙈

Wir sind gerade auf der 'MS Thor' und werden später ein Eis essen gehen.

Wir melden uns später nochmal und schicken auch ein Foto. 🤩

Danke für Euren Besuch, wir fanden den Abend ganz toll.

Noch eine Frage: wie findet ihr Minigolf? Wir würden gerne mal wieder eine Runde spielen. Falls ihr das auch mögt, könnte man vielleicht zu viert spielen.

Habt einen schönen Tag!

11:44 - Mika:

Das Wetter müsste heute ja perfekt sein ♥

11:45 - Mika:

Ihr müsstet bei den Helligdommen vorbei fahren - das ist von der M/S Thor aus betrachtet wunderschön.

11:58 - Ole:

Es ist fantastisch!! 👀

Parallel zu diesem ‚offiziellen' Gruppenchat schreibe ich Mika von der MS Thor aus, eine persönliche Nachricht, auf die er auch sofort antwortet.

12:03 - Emma:

Ich wünschte Du wärst jetzt hier.

12:35 - Mika:

Das wäre ich wirklich gerne 😊

Ich lächle und schreibe meine nächste Nachricht natürlich wieder in die Gruppe.

12:11 - Emma:

Es ist wunderschön! 😍

In 30 Minuten sind wir in der Eisdiele, dann fahren wir auch noch zur Burg Hammashus. Das Wetter ist heute grandios und für Fotos perfekt.

Fortsetzung folgt...

12:19 - Mika:

Danke für den wundervollen Abend.

Ihr seid beide wundervolle Menschen. 🖤

Ich mag Euch und fand es besonders schön, so dicht neben Emma sitzen zu dürfen. 😊

12:22 - Ole:

Das war nicht zu übersehen

12:23 - Emma:

Mir gefiel das auch 🖤

Die Landschaft ist spektakulär, die See ist ruhig und das Wetter sonnig. Wirklich wunderschön! Auf halber Strecke gibt es die Möglichkeit aus- oder zuzusteigen und die Klippen hoch zu steigen, was wir aber nicht machen. Wir wollen zurück nach Gudhjem, weil es dort die Eisdiele gibt, die uns Freya und Mika empfohlen haben. Die Rückfahrt geht zügiger, als die Hinfahrt, spätestens jetzt bin ich für die ruhige See dankbar.

Die Fahrt war toll und wir überlegen, ob Oles Eltern diese Rundfahrt auch schonmal gemacht haben. Ole kann sich nicht daran erinnern, er denkt aber, dass ihnen diese Tour sehr gut gefallen würde.

Nach einer Stunde sind wir von dem Schiff wieder herunter und besuchen die Eisdiele, die uns Freya und Mika in Gudhjem empfohlen haben.

Von alleine hätten wir diese Eisdiele nicht gefunden. Als Tourist landet man ja meist in den großen Läden in der ersten Reihe, weil man die kleineren Läden in den Seitenstraßen (wenn überhaupt) nur zufällig findet.

Wir wussten ja jetzt, wonach wir suchen mussten und das hat funktioniert. Die Eisdiele ist eher klein, hat aber eine recht große und exotische Auswahl. Klassische Sorten, Schokoladenriegel-Eis, Softeis mit verschiedenen Toppings und natürlich Lakritz-Eis in verschiedenen Intensitäten.

Wir können gar nicht alles ausprobieren, die wir gerne probieren möchten. Nach sieben Kugeln gebe wir uns heute geschlagen!

Da dem Laden gegenüber eine kleine Terrasse mit Sitzmöbeln liegt, suchen wir uns einen runden Tisch und können in Ruhe essen. Natürlich schicken wir ein Selfie von uns vor den vollen Bechern in die WhatsApp Gruppe. Wir haben ja versprochen, ein Beweisfoto zu schicken und das Versprechen halten wir.

12:47 - Emma:

> *Das Eis schmeckt perfekt! Danke*

12:52 - Ole:

> *Ja, Danke für die Einladung* 😳 🤭

Nach dem Eis fahren wir wie geplant zur Burg Hammershus. Das Wetter ist immer noch traumhaft sonnig und recht warm. Oben auf der Burg suche ich mir einen Picknicktisch und entspanne mich, während Ole mit seiner Kamera schon wieder auf Motivsuche ist. Ich habe hier vor vier Jahren schon jeden erdenklichen Winkel fotografiert und genieße heute lieber das Wetter.

Um kurz vor halb drei brummt mein Telefon.

14:27 - Freya:

> *Hallo Ihr Beiden* 🖤
>
> *Ich fand den Abend mit Euch auch wundervoll. Extrem leckeres Essen,*

tolle Getränke und wir haben uns alle super verstanden!

Aber ich bin jetzt leider der Party-Killer: Natürlich ist mir aufgefallen, dass es zwischen Emma und Mika ordentlich geknistert hat. Leider bin ich gerade absolut nicht in der Stimmung für 'swinging', obwohl ich mich mit der Idee früher schon einmal auseinandergesetzt habe.

Ich fand den Abend klasse und kann es nicht recht erklären, aber ich möchte gerade weder flirten, noch swingen. Ich suche nur Freundschaft.

Das hat wirklich nichts mir Euch zu tun, ich mag Euch sehr. Das geht nur von mir aus.

Mika empfindet das anders, was für mich in Ordnung ist. Falls ihr drei möchtet, könnt ihr Euch gerne treffen.

PS: Es freut mich, dass das Eis geschmeckt hat

15:15 - Ole:

Hallo Freya.

Es würde mich wirklich freuen, wenn Du mich als Freund betrachtest.

Falls ich Dir gestern irgendwie zu nahe getreten bin, bitte ich ausdrücklich um Entschuldigung

Sonnige Grüße von der Burg ☺

15:17 - Emma:

Liebe Freya,

der Partykiller zu sein, ist normalerweise meine Aufgabe.

Wir fanden den Abend fantastisch und wenn Du oder Ihr uns als 'neue Freunde' seht, sind wir glücklich und ein wenig stolz.

Mika gefällt mir leider viel besser, als ich es offen zugeben dürfte.

Er ist unglaublich süß!

Ich (oder wir) würden wirklich gerne ein bisschen mehr Zeit mit ihm verbringen. Aber

1. Er muss das genauso empfinden.

2. Ich möchte nicht, dass es zu Schwierigkeiten bei Euch führt.

Bei Interesse würden wir den Abend gerne wiederholen und das mit dem Minigolf-Spiel zu viert würden wir auch gerne machen.

Ole mag Dich, aber er würde niemals etwas tun, was Du nicht möchtest.

Wir hoffen, Du hast auch einen schönen Tag 🖤

Den Besuch in der Eisdiele müssen wir in den nächsten Tagen leider wiederholen. Heute schaffen wir es nicht alle Sorten zu probieren

Alles Liebe M○nika

PS: Mein Englisch ist schrecklich. Tut mir leid!

15:37 - Freya:

Lieber Ole,
Du hast definitiv nichts falsch gemacht!

Du warst so aufmerksam und hast Dich total lieb um mich bemüht.

Ich kämpfe gerade mit ein paar Schwierigkeiten, mit denen ich Euch nicht belasten möchte. Ich brauche Zeit für mich. …viel Zeit!

Du bist wirklich ein lieber und extrem fürsorglicher Mann. Ich mag Dich und ich freue mich auf unsere nächsten Gespräche.

15:44 - Freya:

Liebste Emma,

ich verstehe sehr gut, dass Dir Mika gefällt. Ich liebe alles an ihm, darum habe ich ihn ja geheiratet.

Ich bin die nächsten Tage und am Wochenende leider schon völlig verplant, darum werde ich leider keine Zeit für ein weiteres Treffen finden.

Mika kann da evtl. anders planen.

16:34 - Mika:

Ich würde niemals etwas tun, was unsere Ehe gefährden würde.

Aber solange wir ehrlich zueinander sind, wäre ein weiteres Treffen überhaupt kein Problem 😊.

Ich wäre wirklich gerne ein Teil von Emmas 'Einmal-im-Leben' Experiment. 🖤 Ich denke, das könnte für ins alle drei grandios werden 😘.

Wir würden vielleicht mit einer vier händigen Massage beginnen und können ein bisschen Zeit miteinander verbringen 🖤 . Solange wir uns alle dabei wohl fühlen und Spaß haben, sehe ich hier keine Probleme.

16:39 - Emma:

Das klingt großartig! 🖤

Ich bekomme das Lächeln nicht mehr aus meinem Gesicht. Mika mag mich! Er möchte Teil von ‚Emmas-einmal-im-Leben-Erfahrung' sein. Das klingt wundervoll.

Dass Freya sich bei Ole nur für Freundschaft entschieden hat, war abzusehen. Schade ist es trotzdem.

Wir hatten gehofft, dass wir mal auf ein Paar treffen, das sich für einen Partnertausch interessiert. Für Ole tut mir das wirklich leid. Jetzt müssen wir überlegen, was wir weiter machen, denn Mika und ich würden uns gerne wiedersehen. Ole darf dabei aber nicht leer ausgehen… das ist klar!

Wir beschließen auf der Rückfahrt, bei einem bestimmten Minigolf Platz im Landesinneren vorbei zu fahren, auf dem verschiedene Sehenswürdigkeiten von Bornholm nachgebaut sind. Wir sind schon an zwei oder drei anderen Minigolf-Plätzen vorbeigefahren und wollen uns diesen auf jeden Fall ansehen, bevor wir uns für einen entscheiden.

Also steigen wir in den PKW, lassen die Fenster ganz herunter und fahren los. Dank google.de finden wir die exakte Adresse heraus und beschließen schon beim Vorbeifahren unbedingt hier eine Runde zu spielen. Der Platz ist genial. Sauber, gepflegt und vor allem wunderschön. Wir müssen nur ein bisschen Glück mit dem Wetter haben.

Ich bin zuversichtlich!

Auf der Fahrt zurück nach Snogebæk halten wir noch an einem Second-Hand Laden.

Unglaublich, wie viele solcher Läden es auf der kleinen Insel gibt. Die Dänen stehen drauf Dinge gebraucht zu kaufen und zu verkaufen.

Neben den Second-Hand Läden findet man überall am Straßenrand entsprechende Stände mit Obst, Gemüse, Marmelade, Geschirr und jeder Menge Nippes. In den Städten gibt es statt dieser

Stände viele täglich geöffnete Garagen-verkäufe.

Wir versuchen uns wirklich beim Kauf zurück zu halten, aber wir lieben second-hand Artikel, darum halten wir an vielen Ständen und Läden um zumindest mal zu gucken.

Dieses Mal finden wir nichts Passendes. Wir kehren ins Haus zurück und planen das Abendessen und die Kniffel-Runden.

Am frühen Abend erhalten wir ein Foto von einem Grill mit Koteletts und Würstchen, einem gedeckten Tisch mit Salat, Brot und Bierflaschen. Wahrscheinlich ein typisch sommerliches Abendessen in Dänemark.

19:00 - Freya:

> *Unsere Terrasse ist jetzt fertig für den Sommer und viele Grillabende.*

> *Mika steht am Grill und probiert ein paar Rezepte aus.* ☺

19:01 - Ole:

> *Es sieht wunderbar aus*

116

19:02 - Emma:

🍹 *Cheers!*

19:03 - Mika:

Skål! 😁

19:03 - Mika:

Prost

19:07 - Emma:

Guten Appetit!

Ich ergänze diesen Chat wieder mit einer persönlichen Nachricht an Mika, weil ich denke, dass das im Wust unsere Nachrichten gerade nicht weiter auffällt.

19:01 - Emma:

Lieber Mika,

ich / wir wären sehr glücklich, wenn Du ein Teil in meinem persönlichen "Einmal-im-Leben-Experiment" sein möchtest. 🖤

Ich kann gar nicht glauben, dass es Dich wirklich gibt!

Seit Deiner letzten Nachricht habe ich das Gefühl zu brennen. Unglaublich!

Ich mag Dich!

...nicht mehr, aber auch nicht ein Krümelchen weniger.

Ich bin sicher, dass ich mich bei dir sicher und wohl fühlen werde und wir eine Menge Spaß zusammen haben können.

Was genau? Das kann ich nicht sagen, aber ich bin sicher, dass Du unser "Mr. Right" bist.

Süße Träume...

Emma 💕

Eine Antwort erhalte jetzt nicht, aber ich sehe nach zwei Minuten, dass die Nachricht gelesen wurde. Ich bin davon überzeugt, dass Mika sich jetzt etwas einfallen lassen oder vorschlagen wird.

Damit liege ich richtig. Der Däne schreibt seine Antwort in den Gruppenchat.

20:14 - Mika:

Ich muss Montag nicht arbeiten und könnte vorbeikommen.

20:24 - Emma:

Jetzt Montag? 😳

...das wäre ja mal ein sehr spezieller Geburtstag für Ole 😵 *und wir müssten die Handys ausschalten!*

Wann würdest Du denn hier sein?

20:38 - Mika:

Oh! Ich dachte Ole hatte schon am letzten Montag Geburtstag 😬*.*

Ich denke ihr solltet Euch darüber klar werden, ob das der richtige Tag für sowas ist 🫣*.*

Falls ihr mögt, könnte ich irgendwann ab 10:00 h kommen. Die genaue Zeit können wir noch genau absprechen.

Ole und ich sollten vorab auch noch ein paar Minuten besprechen was

*für uns / euch in Ordnung ist 🫣 .
Ich würde gerne als 'helfende
Hand' agieren - Ole bleibt definitiv
in der maßgebende Mann 😌*

21:15 - Emma:

*Nur zur Sicherheit sollten wir
vielleicht ein paar "safewords"
vereinbaren! 👍*

*10:00 bei vollem Sonnenlicht, mag
ich Sex so gar nicht. Da bin ich echt
unentspannt, aber das ist ja euer
Problem!*

*Wir freuen uns auf jeden Fall auf
deinen Besuch. Was dann passiert
entscheiden wir ganz spontan und
zusammen.*

🫣 Emma

21:16 - Ole:

*Das wird ein ganz besonderer
Geburtstag 🫣*

Ole stellt ein Foto seines letzten
Geburtstags in die Gruppe, auf dem er ein
großes Pflaster mittig auf dem Kopf hat. Er

hatte sich den Kopf an einer Häuserecke aufgerissen und musste genäht werden. Das war auch ein ‚spezieller Geburtstag'. Er schreibt unter das Foto eine kurze Erklärung.

21:21 - Ole:

> *Ich nach dem Kampf gegen ein Gartenhaus*
>
>

21:35 - Mika:

> *Arbeit (und Gemüse) können sehr gefährlich sein* 😫.
>
> *Das hätte tödlich enden können!*
>
> *Ich werde versuchen, meinen Teil dazu beizutragen, dass es der beste Geburtstag aller Zeiten wird (und definitiv viel besser als letztes Jahr)*

21:36 - Ole:

> *Das will ich auch hoffen!* 😄 👍

21:40 - Mika:

GELB und ROT sind geeignete Safewords.

Aber ich kann Dir garantieren, dass Du kein Safeword bei mir benötigst.

Noch etwas: Ich habe keine Probleme mit 'Safer-Sex'. Verhütung ist selbstverständlich für mich!

Generell finde ich Sonnenschein deutlich besser als Dunkelheit. Um dein Wohlbefinden kümmern wir uns dann schon.

Zu früh werde ich aber nicht vorbeikommen, ihr wollt ihr ja bestimmt noch ein bisschen feiern.

21:43 - Emma:

Danke für die Information.

Schön, dass Du einen Plan hast und 'ja' wir werden morgens schon ein bisschen feiern.

21:47 - Mika:

> *Ich bin sicher, Ihr macht Euch einen sehr schönen Morgen.*

> *Gute Nacht!*

21:49 - Emma:

> *Vielen Dank!*

> *Euch auch eine gute Nacht!*

21:51 - Ole:

> *Von mir auch: Gute Nacht.*

Ich lege das Telefon mit dem Display nach unten auf dem Sofa ab, für heute haben wir erstmal alles Wichtige besprochen.

Ole setzt sich zu mir und sieht mich an: „Und was mach wir zwei Hübschen jetzt?"

Ich lege meinen Hinterkopf auf das Polster und blicke ihn lächelnd an. „Was sollen wir schon machen? Wir gehen jetzt ins Bett!"

Ab 18:30 h sind wir beim Pferderennen auf der kleinsten Trabrennbahn der Welt. Das Wetter ist trocken, noch sonnig und die Pferde geben ganz schön Vollgas.

Ole probiert wieder verschiedene Funktionen seiner neuen Kamera aus und wir fachsimpeln über die verschiedenen Pferde, Immerhin sind wir Trainer und ich hatte viele Jahre selber eine Traberstute.

Da das erste Rennen heute, an einem Freitag, erst um 18:30 h startet, verbringen wir den ganzen Abend auf der Rennbahn. Das letzte Rennen wird erst gegen 21:30 h starten und bis wir wieder im Ferienaus sind, ist es bestimmt 22:30 h.

Am frühen Abend bekommen wir dann eine liebe Nachricht:

20:11 - Freya:

> *Ich wollte Euch ein schönes*
> *Wochenende wünschen* 🖤
> *Von unserer Terrasse zu Eurer* ☺

20:14 - Ole:

> *Wir wünschen Euch auch ein schönes Wochenende*

> 😳

> *Wir sind heute auf der Trabrennbahn in Almendingen - Pferde gucken*

Wir stellen wir ein Pferdefoto in die Gruppe.

20:15 - Freya:

> *Mein Kollege Per ist vermutlich auch vor Ort!*

> *Viel Spaß* 😄

Freya schickt uns ein kuscheliges Foto von ihr und einer Maine-Coon Katze zurück.

20:17 - Emma:

> *Danke schön!* 🖤

> *Euer Foto sieht 'hygge' aus.* 🐼

20:18 - Freya:

> *Das ist es!* 🖤

20:23 - Mika:

Es ist ein wunderschöner, sonniger Frühlingsabend - perfekt um draußen etwas zu unternehmen 🖤

20:26 - Emma:

Ja! 😎

...und es riecht ein bisschen nach Pferd hier. Wir mögen das! 🐴

Es ist schade, dass die beiden nicht mit uns zusammen auf die Rennbahn gefahren sind.

Ich meine mich zu erinnern, dass sie heute nichts vorhatten, denn eigentlich wollten sie heute zum Grillen zu uns kommen. Das ging ja nicht, weil wir unbedingt hier herwollten.

Wir hätte uns also hier treffen und den Abend zusammen verbringen können. Mika und Ole hätten bestimmt auch noch ein bisschen gewettet.

Ich vermute mal, dass sie einfach schon zu oft hier waren oder sich einfach nicht für Pferde interessieren. Schade!

Wir genießen den Abend jedenfalls und bummeln vor den letzten drei Starts auch mal durch die Stallungen und Neben-gebäude. Sowas ist normalerweise an einem Renntag gar nicht möglich, Hier in Bornholm ist es aber Tradition, dass die Besucher einfach jederzeit durch die Boxenreihen laufen dürfen. Es ist spannend zu beobachten, wie die Pferde vorbereitet oder nach dem Rennen gewaschen werden.

Das letzte Rennen ist aus unserer Sicht das Highlight des Tages, weil es ein Ponyrennen ist, auf dem sich junge oder sogar kindliche Nachwuchsfahrer /-innen präsentieren können.

Unser Favorit wird leider nur Zweiter und beim Zieleinlauf sind bereits die Hälfte der Besucher zu ihrem Auto entschwunden.

Das ist bedauerlich, denn gerade diese Kids hätten volle Ränge verdient! Wir bleiben ganz bis um Ende. Das gehört sich so und auf die paar Minuten mehr, kommt es doch wirklich nicht an. Wir jedenfalls denken, dass dies das langsamste, lustigste und trotzdem spannendste Rennen des Tages war.

Wir feiern die Kinder und Jugendlichen, zusammen mit dem ‚harten Kern' der übrigen Besucher, bis diese die Bahn verlassen.

Gegen 22:30 Uhr gehen wir zum Auto zurück. Wir sind zwar müde, aber auch sehr glücklich, als wir das Haus wieder betreten.

Ole macht uns noch ein paar Getränke und dann gehen wir zeitnah ins Bett.

Morgen liegt das einzige volle Wochenende vor uns, das wir hier auf der Insel verbringen werden. Leider sind Mika und Freya aber schon seit Monaten verplant. Morgen fahren die beiden für eine lange geplante Shopping-Tour nach Schweden.

Das ist von hier aus wahrscheinlich so, als wenn wir vom Niederrhein nach Holland zum Einkaufen fahren. Nur dass man von hier aus, eine Stunde mit der Schnellfähre fährt, statt mit dem PKW über die Grenze.

Am Sonntag heiratet Freyas beste Freundin, da haben die beiden wahrschein-lich auch keine Zett für uns.

Das ist schade, aber nicht zu ändern.

Ole und ich frühstücken draußen auf der Terrasse. Toast, Rulepølse, Marmelade… das Übliche halt. Anschließend schreibe eine Nachricht in die Gruppe.

08:52 - Emma:

> *Wir wünschen Euch einen schönen Tag in Schweden.*

10:36 - Mika:

> *Danke* 😊

> *Ich hoffe, Ihr hattet einen schönen Abend auf der kleinsten Pferderennbahn der Welt*

> 😎

10:38 - Ole:

> *Es war toll!* 🙄

10:50 - Freya:

> *Wir werden und einen schönen Shopping Tag in Schweden verleben* 😊

11:44 - Emma:

Um 13:20 h sind wir heute beim Mini-Golf 😆

Gegen Mittag wackelt Ole mit seinem Handy und guckt mich an.

„Mika hat sich gemeldet."

Ich lege das Buch zur Seite und gucke fragend auf mein eigenes Handy, das sich nicht gemeldet hat.

„Hat er dir direkt geschrieben?"

„Ja." Ole nickt.

„Was hat er denn geschrieben?"

„Ich glaube er ist nervös."

Ich runzele die Stirn. "Warum?" Muss man diesem Mann denn jede Information einzeln aus der Nase ziehen?

„Ich glaube er denkt er darf nur ein bisschen zugucken."

Ich ziehe jetzt auch die Nase kraus. „Hä? Wie kommt er denn da drauf?"

Ole zuckt die Schultern. „Keine Ahnung."

„Was hat er denn geschrieben?"

„Er schreibt, dass er nur macht, was ich zulasse und er wäre unsere ‚helfende Hand'."

„'Helfende Hand'? Was soll das denn sein? Hilfe brauche wir wohl nicht und dass er uns nur zuguckt und an sich rumspielt ist ja auch nicht unser Plan, oder?"

Ole schüttelt den Kopf. „Nein, ich denke Du wünschst Dir etwas anderes."

„Dazu wird es wohl nicht kommen, aber zumindest möchte ich das versuchen. Und da wird Mika aktiv mitspielen müssen! Ich schreibe ihm jetzt eine Nachricht an seine eigene Nummer."

11:29 - Emma:

Befürchtest Du, dass wir Dir zu viele Einschränkungen vorgeben? Oder bist du nervös?

Ich möchte mich da erstmal drauf einlassen, aber es wäre sinnvoll, wenn ihr Männer mal besprecht, was für Euch untereinander in Ordnung ist.

Lass uns das am besten persönlich besprechen. Wir freuen uns, Dich zu sehen. MONDAY, um 10:00 Uhr.

Ich bin überzeugt, dass wir viel Spaß zusammen haben werden. Damit meine ich nicht nur unsere Hände!

11:29 - Emma:

11:30 - Mika:

Ich bin nicht nervös. Aber ich muss wirklich ein paar Dinge mit Ole besprechen.

Vorher!

11:41 - Emma:

Schön! Ole und ich haben das schon besprochen und wissen genau, was wir wollen. Wir haben sogar eine kleine Liste gemacht, was OK und was nicht gewünscht ist. Und bevor Du fragst...'Nein' ich werde Dir die Liste nicht vorab schicken!

Kümmere Dich jetzt besser um Deine Frau, als um uns. 😊

I like you

Minigolfplatz gibt es auf Bornholm einige, aber wir haben auf einem ganz besonderen Platz reserviert.

Der Platz ist in der Form von Bornholm angelegt und die verschiedenen Stationen stellen die Sehenswürdigkeiten der Insel dar. Da gab es für uns gar keine Frage, auf welchem Platz wir spielen wollen. Wir haben beide seit Jahren keinen Minigolfschläger mehr in der Hand gehabt, aber es klappt überraschend gut, wir stellen uns gar nicht so blöd an.

Dann gelingt mir an Loch Nr. 10, das erste hole-in-one. Damit führe ich zwar nicht, aber es fühlt sich super an.

An Loch 14 gelingt mir dieses Kunststück dann gleich noch einmal. Ole kann es gar nicht glauben.

Schließlich trennen wir uns nach allen 18 Löchern mit 59:59 Schlägen. Das bedeutet: Unentschieden!

Eigentlich ist das fair und wir sind beide zufrieden, weil sich keiner von uns blamiert hat. Zudem haben wir uns schon lange nicht mehr so gut amüsiert. Minigolf finden wir super! Das werden wir wohl wieder-holen und auch in Deutschland machen.

Auf der Rückfahrt nach Snogebæk schreibe ich wieder eine WhatsApp in die Gruppe.

15:02 - Emma:

> *Unentschieden - Wir sind uns zu ähnlich und haben je 59 Punkte* 😫
> *aber ich hatte zwei 'hole-in-one'* 👍
> *Ich brauche einen anderen Partner (girls vs. boys), um Ole zu schlagen!* 😼

> *Vielleicht wiederholen wir das nächstes Jahr.*

> *Morgen um 14:00 Uhr fahren wir mit der Kutsche durch Ekkodalen.*

Wir hoffen, Euer Tag ist genauso schön wie unserer.

Eure M⬡nika

Eine Antwort erhalten wir nicht, aber das ist auch nicht erforderlich, denn wir informieren uns gerne was wir gerade machen oder zeitnah planen.

Abends gibt es bei uns frische Scholle mit angebratenen Kartoffeln. Anschließend spielen wir erst sein Runde YATZY (Kniffel) und später noch eine Runde Mensch ärgere Dich nicht.

Von dem Abendessen haben wir ein Foto in die Gruppe gestellt.

21:25 - Mika:

Wenn wir ehrlich sind, essen wir sehr wenig Fisch 😬. Viel zu wenig, wenn man bedenkt, dass wir auf einer kleinen Insel wohnen…

Da wir weitere Fotos in die Gruppe einstellen, entwickelt sich mal wieder eine kleine Unterhaltung.

21:32 - Emma:

> *Ole möchte heute gerne auch noch bei YATZY verlieren! Gestern hat er alle 4 Runden verloren.* 😜

21:35 - Freya:

> *Manchmal ist dabei zu sein wichtiger als zu gewinnen… Oder er hofft, dass er doch wieder gewinnen wird* 😄

Ole wirft in diesem Moment einen 6er Kniffel mit allen Würfeln.

21:37 - Emma:

> *Es gibt Tage da verliert man und Tage an denen man nur zweiter wird.*
>
> *Ich verliere… das hier ist erst sein zweiter Wurf!* 🙈

21:38 - Freya:

Wahnsinn!

21:41 - Emma:

Da sagst Du was, wir könnten auch gleich aufhören 😲

22:41 - Mika:

Ich verliere bei Brettspielen meist... Aber ich gönne Ole das gerade!

Ich verliere bei Kniffel heute wirklich hoch und mag keine weitere Runde spielen. Darum wechseln wir von den Würfeln zum Brettspiel.

Natürlich stellen wir auch hiervon ein Foto in die Gruppe.

22:46 - Mika:

Wie nennt man das Spiel in Deutschland? 😲

In Dänemark heiß es "Ludo", aber das ist wahrscheinlich eine internationale Bezeichnung.

22:56 - Ole:

"Mensch ärgere dich nicht "

22:57 - Emma:

Lustig, ich wollte auch wissen, wie man das hier nennt. 👍

FYI: Ich habe zwischenzeitlich übrigens das Spiel gewonnen!

Gute Nacht und träumt was Schönes. 🐨

Das Brettspiel hat mir heute mehr Glück gebracht als die Würfel. Trotzdem gebe ich irgendwann auf und wir gehen ins Bett.

Es ist der letzte Tag vor Oles 50. Geburtstag. Heute wollen wir das schöne Wetter genießen und gleichzeitig auch etwas Spannendes unternehmen.

Vor der Kutschfahrt wollen wir noch in ein Naturschutzgebiet fahren, in dem Tiere wie Bisons frei herumlauem. Ob wir eines sehen werden ist ungewiss, aber wir möchten es probieren. Zudem ist das Naturschutzgebiet ganz in der Nähe von der Abfahrtstelle der Kutsche.

Gegen 12:15 h sind wir auf dem offiziellen Parkplatz. Wir steigen aus und gucken auf den Plan, wie wir am besten laufen können. Wir entscheiden uns für den kleinen Rundgang um den nahegelegenen See. Das Gelände ist recht eben, allerdings erschweren Wurzeln und einige Gräben im Wald das Vorankommen. Trotzdem würde ich das Gelände als leicht begehbar bezeichnen. Ich wandere ja nicht gerne, aber die Runde dauert etwas über eine Stunde und macht mir fast Spaß. Es sind nur sehr wenige andere Personen unterwegs und die Landschaft ist abwechslungsreich und wunderschön. Wir sehen jede Menge Tiere, aber das sind vor allem Ameisen in jeder Größe. Ein paar kleinere Tier und Vögel sehen wir, einen Specht hören wir auch.

Einen Bison suchen wir allerdings vergeblich. Vermutlich machen wir beim Laufen so viel Krach, dass sie uns besser aus dem Weg gehen.

Ich denke, dass Mika sich hier bestimmt sehr wohl fühlen würde. Freya und er wandern ja wohl recht viel durch Bornholm und Schweden.

Mit Mika würde ich auch gerne mal ein bisschen durch den Wald wandern oder auf einer einsamen Lichtung ein Picknick machen. Aber bitte ohne diese Horden von XXL-Ameisen!

Um 13:30 h sitzen wir wieder im Auto und fahren weiter. Ich schreibe in die Gruppe, dass wir leider keine Bisons gefunden haben.

Mika antwortet, dass man nur etwa jedes fünfte Mal Bisons findet. Zum Beweis, dass es welche gibt, schickt er und Fotos von April, bei denen er erfolgreich war.

Ich muss lachen und sage zu Ole: „Für so ein Foto hat dieser verrückte Nordmann sich bestimmt sechs Stunden, neben einem umgefallenen Baumstamm, auf die Lauer gelegt."

Ole muss bei dieser Vorstellung auch lachen, gibt mir aber Recht. Anders wird man so ein Foto wohl nicht kommen und Mika ist der richtige Mann für sowas. Weltreisender und Natur-Tierfotograf wäre bestimmt auch ein guter Beruf für ihn.

Um 14:00 h steht die Kutsche durch die Region Ekkodalen für uns bereit. Die beiden anderen Paare sind älter und vermutlich Dänen. Da auch der Kutscher Däne ist, verstehen wir von seinen Erklärungen nicht viel. Einer der älteren Herren hat Mitleid mit uns und erklärt zwischendurch immer wieder mal auf Englisch was der Kutscher so erzählt oder was es wo zu sehen gibt.

Die beiden großen, schweren Oldenburger sind gute Zugpferde und legen ein ordentliches Tempo vor. Man erkennt, dass die Pferde genau wissen, wo sie lang und wo sie zulegen und Tempo machen müssen.

Die Fahrt ist ein Traum!

Schade, dass Freya und Mika nicht dabei sein können. Mit ihnen zusammen wäre es jetzt perfekt. Geht aber leider nicht.

Darum überlegen wir, ob Oles Eltern so eine Fahrt früher auch schon gemacht haben. Er weiß es nicht. Sollten wir nochmal mit ihnen hier her kommen, werden wir so eine Fahrt auf jeden Fall noch mal machen.

Auf halber Strecke machen wir eine kleine Pause und bekommen auch noch Kaffee und ein Kokos-Törtchen serviert. Dabei stellt sich heraus, dass der Kutscher ganz passabel Englisch spricht, so dass wir ein bisschen über Pferde und uns sprechen können.

Immerhin besitze ich selber ein Fahrab-zeichen für eine zweispännige Kutschen. Mit den beiden Schwarz-Braunen hätte ich bestimmt keine Probleme, auch wenn ich seit Jahren nicht mehr selber Kutsche gefahren bin.

Nach knapp 2 Stunden sind wir wieder am Ausgangspunkt. Wir bedanken uns herzlich und fahren sehr glücklich ins Haus zurück.

Abends machen wir, was wir fast jeden Abend machen: Einkaufen, Essen kochen und dann ein paar Runden Würfeln und LUDO spielen. Zum Lesen eines Buches oder DVD gucken kommen wir heute auch nicht.

Ganz bis Mitternacht halten wir heute aber auch wieder nicht durch. Um 0:00 h liegen wir schon aneinander gekuschelt im Bett und schlafen.

„Herzlichen Glückwunsch mein Schatz!" sage ich. Ole blinzelt mich an und gähnt ausgiebig.

Dann gibt es ein Guten-Morgen-Küsschen. Wir kuscheln noch ein paar Minuten und frühstücken anschließend mit Toast, Rulepølse und selbstgemachter Erdbeer-Vanille-Marmelade. Ole erhält ein paar Geschenke und eine Karte seiner Eltern, über die er sich sehr freut.

Danach räumen wir noch ein bisschen auf und gehen duschen. Zuletzt packen wir ein paar spannende Kleinigkeiten in eine offene schwarze Box und stellen sie auf einen kleinen Tisch hinter die Couch. Viel mehr kann man nicht vorbereiten, nur noch was Nettes anziehen. Drüber und drunter!

Drunter ist einfach… schwarz! Schöner Slip und natürlich eine mörderisch scharfe Büste. Oben drüber ist die Entscheidung schon schwieriger. Ole nimmt ein Shirt und eine kurze Hose. Er zeigt Haut, da mache ich mit. Kurze weiße Hose und ein geblümtes blaues Shirt mit Carmen-Ausschnitt. Was am Grillabend funktioniert

hat, kann auch ein zweites Mal funktion-
ieren.

Mika kommt irgendwann ab 11:15 h, soviel
wissen wir. Jetzt ist es kurz nach 11:00 h
und meine Nerven liegen blank.

Wird er kommen? Passiert hier heute
überhaupt etwas Spannendes? Muss ich
im unpassenden Moment auf die Toilette?

Ich bin tot! Und nervös! Oder beides!!

Ich setzte mich auf die Couch und
versuche mich zu beruhigen.

Zu mir selber sage ich: „Ich vermute mal,
dass Mika gar nicht an der Tür klopfen wird,
sondern gleich ums Haus herum über die
Terrasse reinkommen wird."

Ole sieht, an der Küchenzeile stehend, zu
mir herüber. „Das denke ich auch, darum
steht die Terrassentür ja auch offen und du
sitzt in ‚Lauerposition' auf dem Sofa!"

Ich muss lächeln und sehe zu Ole rüber.
Stimmt, ich möchte keinen Augenblick
verpassen, wenn Mika hier auftaucht.

Wir höhen wie zweimal auf Holz geklopft
wird und dann steht der blonde Nordmann

in der offenen Tür. Er sieht aus wie wir: Halblange Hose, Shirt und der hat eine größere Tasche dabei, die er später für Einkäufe in Nexø verwenden möchte.

Jetzt ist da aber erstmal schwedisches Bier für sich und Ole drin und für mich ein qualitativ gutes Cider, nicht die sonst übliche Brühe, die sich auch so nennen darf. Für ihn gibt es das Bier natürlich alkoholfrei, weil er ja noch fahren muss. Außerdem hat er uns eine kleine dänische Fahne mitgebracht, deren Stiel aber ein bisschen deformiert wurde. Zuletzt packt er ein Geburtstags-geschenk für Ole aus, mit ganz lieben Grüßen von Freya und dem Hinweis, dass der Inhalt auf gar keinen Fall zerbrechen darf.

Ich gucke ihn fragend an: "Lass mich raten: Wenn es zerbricht, ist es Deine Schuld?"

Er nickt lachend. „Ja! Freya würde das so sehen."

Ich antworte mit „Armer Mann!" und tätschele ihm einmal den Oberarm.

Das ist die perfekte Chance um einen ersten Körperkontakt her zu stellen.

Ole packt drei tolle Gewürzöle aus, die wir auch schon im ‚Super Brugsen' (dem ortsüblichen Supermarkt) gesehen haben. Ein tolles Geschenk für einen Hobbykoch, da haben die beiden genau richtig gelegen.

Wir bedanken uns kurz mit einer flüchtigen Umarmung, wobei mir erstmals auffällt, dass Mika größer ist als Ole.

Das hatte ich bisher übersehen, obwohl ich auf sowas eigentlich immer automatisch achte. Er müsste also so etwa 1,85 m groß sein.

„Möchtest Du etwas trinken?" frage ich ihn und er antwortet: "Nein, danke schön!"

Also nichts zu trinken, er wollte das mit dem Bier wohl nur erklären und den Vorgang dann abschließen.

Ich gucke fragend zu Ole, weil ich gerade nicht so richtig weiter weiß. Wir stehen hier zwar zu dritt vor der Terassentür herum, aber mit den Getränken wäre Bewegung in die Sache gekommen und wir wären vielleicht zu dritt auf der Couch gelandet.

So oder so ähnlich dachte ich mir das.

Meine Überlegungen enden, als ich Mikas Hände an meinem Nacken spüre und er sich hinter mich stellt. Ole guckt interessiert und kommt ebenfalls auf mich zu.

Ich gucke zwischen den Männern hin und her, dann sage ich: „Ich bin nicht sicher, aber ihr beiden solltet Euch vielleicht mal kurz mit einander unterhalten."

Mika schüttelt den Kopf und sagt. „Nein, ich denke wir sind uns schon einig."

Ich gucke zu Ole "Ganz sicher?" Ich weiß genau, dass Ole noch ein paar Dinge klären wollte. Irgendetwas passt hier gerade nicht zusammen.

Ole nickt bestätigend. „Ja, wir sind uns einig."

Ich bin verwirrt und runzele die Stirn. Mika sagt: „Wir haben schon per WhatsApp ein paar Dinge geklärt!"

"Ach wirklich? Du bittest mich nur über den Gruppen Chat zu schreiben, aber mit Ole tippselst Du heimlich hin und her?"

"Sorry!" Mika küsst kurz meine linke Schulter und lächelt entschuldigend.

Unfassbar... Wir hatten vereinbart ausschließlich über unsere WhatsApp Gruppe zu kommunizieren, damit Freya nicht das Gefühl hat da würde etwas hinter ihrem Rücken laufen.

Darum bin ich davon ausgegangen, dass die zwei Herren noch klären müssen, was für beide untereinander akzeptabel ist. Das scheint aber jetzt nicht mehr erforderlich zu sein.

„Ich bin ja nur euer ‚helfende Hand!" sagt Mika und küsst wieder meine Schulter.

Sowas hatte ich befürchtet!

Ole hatte schon angedeutet, dass Mika sich da wohl eher in 2. Reihe bei der ganzen Sache sieht. Das sehe ich aber völlig anders und ich weiß ja auch nicht, was die beiden genau besprochen haben. Also muss ich jetzt mal was klarstellen.

„Mika, lass mich da bitte mal was klarstellen!"

Er guckt mich an.

"Du bist weder unser Sklave noch eine helfende Hand - was immer Du damit auch meinst. Du bist als Freund hierher-gekommen und wir hoffen, das bleibt auch so. Du bist hier völlig Gleichberechtigt und es ist alles erlaubt, außer jemand sagt 'Nein'. Das ist zu respektieren, der Rest ist Spaß!"

Er massiert wieder meinen Nacken, da ich immer noch halb mit dem Rücken zu ihm stehe. Dann küsst er mich auf die linke Wange. „Das hört sich gut an!"

Das klingt doch schon viel besser!

Ich möchte hier keinen zweiten Mann haben, der sich aus irgendwelchen Gründen zurückhält oder nur ein bisschen zuguckt, wenn ich Sex mit meinem eigenen Mann habe.

Das war nicht unser Plan!

Ole steht jetzt direkt vor mir und küsst mich kurz. „Glaub mir, alles ist geklärt."

Mika lässt jetzt von meinem Hals und der linken Schulter nicht mehr ab. Seine Lippen sind weich und trocken und der breite Carmen ausschnitt meiner Bluse lässt diese Berührungen problemlos zu.

Ole beobachtet das interessiert und beginnt mir vorne über die Brüste zu streichen.

Ich fühle mich schon ein bisschen komisch so vor der offenen Terrassentür zu stehen und mich streicheln zu lassen. Andersherum kann niemand in unser Haus reingucken, weder die Nachbarn, falls sie zu Hause sind, noch Spaziergänger vom Strand. Einerlei! Irgendwann müssen wir hier ja irgendwie anfangen.

Ole küsst mich sanft und Mikas Hände auf meinem Rücken und den Schultern fühlen sich großartig an. Ich drehe mich zu Mika um und Ole zieht meine Hüfte an seinen Schritt. Ich kann jetzt Mikas Nacken streicheln und mit der anderen Hand fahre ich an seinem Arm hoch, schiebe die Fingerspitzen unter seinen kurzen Ärmel. Endlich Hautkontakt.

Das aufblitzende Interesse in seinem Gesicht erfreut mich sehr. Er scheint noch einen Augenblick zu überlegen, dann küsst er mich auf den Mundwinkel. Wahrscheinlich möchte er herausfinden, ob küssen für mich in Ordnung ist.

Vom dem richtgien Mann geküsst zu werden ist für mich auf jeden Fall in Ordnung! Sex hat für mich ja auch immer etwas mit Zuneigung zu einer bestimmten Person zu tun. Wie könnte ich meine Zuneigung also besser ausdrücken als mit einem Kuss?

Meine Fingerspitzen streichen von seinem Nacken hoch in seine weichen Haare und ich spüre wie er einatmet. Dann küsst er mich richtig. Sanft, weich und erstmal ohne Zunge. Ich würde das fast als ‚höflich' bezeichnen, denke aber, da kommt gleich bestimmt noch mehr.

Hat er am Strand nicht erwähnt er würde gerne bestimmen wo es langgeht? Dafür hält er sich aber jetzt gerade noch sehr zurück. Wahrscheinlich will er nichts falsch machen oder schlimmstenfalls von Ole jetzt schon ausgebremst werden. Er kann nicht wissen, dass Ole und ich uns einen sehr großzügigen Handlungsspielraum gestattet haben. Ole wird nur eingreifen, falls mir weh getan wird. Ansonsten entscheide ich selber, was zulässig ist, aber das wird Mika wohl noch selber herausfinden.

Ich drehe mich wieder zu Ole um und lasse ihn mit den Händen von unten unter die Bluse fahren. Mika massiert wieder meinen Nacken, guckt Ole aber interessiert zu wie er sanft meine Brüste unter dem Stoff knetet. Ich kann mir gut vorstellen, was er jetzt gerne mit seinen eigenen Händen machen würde, statt nur meinen Nacken zu kraulen.

Ich atme hörbar aus und greife mit einer Hand seitlich an Mikas Oberschenkel. Mal sehen was ich da so in der Hose finde. Ganz ehrlich: Ich habe bisher noch nicht hingesehen und habe daher wirklich gar keine Vorstellung, wie er gebaut sein könnte. Allerdings hoffe ich, dass die Situation nicht ganz unbeteiligt an ihm vorbeigeht.

Ich bewege die Hüfte ein bisschen hin und her und schiebe die flache Hand mittig zwischen uns, mit der Handfläche zu seinem Reißverschluss. Er rückt an mich heran und flüstert mir "Das ist ganz schön gefährlich." in mein rechtes Ohr.

Ich sehe ihn über die Schulter an und antworte „Nicht für mich!" Als ich meine Hand leicht zusammendrücke zittert er kurz, blinzelt und ich bin mir sicher, dass er wirklich sehr stark erregt ist. Sowohl emotional, wie auch körperlich. Den Beweis halte ich praktisch in meiner rechten Hand.

So ganz genau kann ich das ja noch nicht abschätzen, aber ‚klein' ist dieser Mann wirklich nicht gebaut. Die Beule ist deutlich und länger als meine Handinnenfläche. Zwei gut gebaute Männer, die mich gleichzeitig umwerben, so habe ich mir das vorgestellt.

Ole schiebt mein Shirt hoch und beginnt an einer Brustwarze zu saugen. Mika gibt sich jetzt auch nicht mehr mit meinem Hals zufrieden. Seine Hände umfassen meine andere Brust. Der Mann wird mutiger, sehr schön!

Mika geht um mich herum und stellt sich neben Ole. Jetzt kann ich beiden Männern in den Nacken fassen und sie kraulen. Zum Dank dafür kümmern sich beide ein bisschen um meine Brüste. Ole links, Mika rechts.

Ich bin über mich selber überrascht, weil ich noch geradestehen kann. Sowas habe ich mir ja schonmal vorgestellt, aber in der Realität finde ich das gerade angenehm, allerdings auch nicht viel mehr. Mir zittern weder die Knie, noch habe ich Gänsehaut. Trotzdem finde ich es angenehm. Vor allem glaube ich, dass den Jungs diese Situation sehr gut gefällt.

Wann hat man schon die Gelegenheit mit einem Freund zusammen an den Brüsten (s)einer Frau zu lecken. Wahrscheinlich nicht so oft und Mika und Ole fühlen sich augenscheinlich gerade sehr wohl dabei.

Ich wundere mich, warum keiner von beiden auf die Idee kommt, die Büste zu öffnen, aber die niedrigen Halbschalen bieten wahrscheinlich so großzügigen Zugriff, dass das überflüssig ist.

Beide stehen auf, stehen jetzt ganz dicht vor mir. Ole greift den Stoff meines Shirts, zieht es mir über den Kopf und wirft es zu Boden. Ihre eigenen Shirts werfen die Männer direkt hinterher.

Als ich meine Arme wieder senke, kann ich beiden Männern seitlich über das Gesicht, die Schultern und die Arme hinab bis zu ihren Hüften streicheln. ‚Alles meins!' schießt mir durch den Kopf. Wundervoll!

Jetzt will ich aber auch weiterkommen. Beide Männer tragen kurze Hosen mit Gürtel. Mal sehen was ich da mit jeweils einer Hand ausrichten kann. Mika trägt einen Gürtel mit Schiebeverschluss, den kenne ich von Ole schon. Der ist nicht einfach zu öffnen, aber mit ein bisschen Glück und meiner rechten Hand bekomme ich ihn zumindest lockerer, wenn auch noch nicht ganz auf.

Oles Dornschnalle ist auch mit der linken sehr einfach zu öffnen. Oles Hose hat einen Gummibund, da muss ich also nichts weiter machen, nur noch reingreifen oder runterziehen.

Mika vergreift sich währenddessen an meinem Gürtel und auch an meinem Hosenknopf. Meine Hose bleibt aber trotzdem zu. Mika ist verwirrt und greift nochmal hin.

„Oh, da sind zwei Knöpfe dran", stellt er leise fest.

„Ich wollte es Dir nicht zu einfach machen." lächele ich.

Er lächelt zurück. „Hat nicht funktioniert!"

Für Mikas Gürtel benötige ich jetzt doch die zweite Hand, sonst bekomme ich den Gürtel einfach nicht auf. Leider! Und wenn ich jetzt schon mal dran bin, mache ich den Knopf und den Reißverschluss auch gleich auf. Mika greift nicht ein, er steht nur vor mir und atmet.

Ich bin nicht ganz sicher, aber ich glaube mitzubekommen, dass Mikas rechte Hand von Oles Hüfte herunter auf dessen Hintern gelandet ist.

Ich greife Mikas Hosenbund und ziehe ihm den Stoff über die Oberschenkel und Knie nach unten. Er träge eine olivfarbene Boxershorts. Dasselbe mache ich mit Oles Hose. Seine Boxershorts ist schwarz, der Stil der beiden Männer ähnlich. Dezent und bequem!

Beide können jetzt nicht mehr weglaufen, also lasse ich mir Zeit wieder hoch zu kommen und gleite mit meinen Händen außen an den Schenkeln noch oben. Dann greife ich beiden an den Hintern und genieße das Gefühl, als sie die Hintern anspannen. Sehr aufregend!

Dann gleiten meine Hände nach vorne und ich kann ihre Vorderseite streicheln. Beide Männer atmen hörbar ein, Ole Hände streicheln meine Hüfte, Mikas linke Hand krault mir wieder den Nacken. Echt schön! Das kann er gerne den ganzen Tag lang machen.

Jetzt kann ich die beiden anatomisch mal ein bisschen vergleichen, auch wenn ich bisher nur viel Stoff zu sehen bekomme.

Beide sind deutlich erregt, ich denke aber da ist bei beiden noch Luft nach oben. Beide sind recht groß, Oles Maße sind mir ja auch gut bekannt. Mika ist im Vergleich dazu vorn auch sehr gut bestückt, wirkt am Schaft aber deutlich schlanker und gebogener. Ich habe das Gefühl, dass ich hier gleich etwas zu sehen bekommen werde, was ich noch nie gesehen habe.

Ich bin neugierig....

Meine Fingerspitzen gleiten unter den Bund der Shorts und ich umfasse von oben beide Schäfte. Jetzt habe ich den direkten Vergleich. Links steht Ole - lang, hart und mit kräftigem Schaft. Rechts ist Mika, - lang, mit riesiger Eichel, schlankerem Schaft und deutlich nach oben gebogen. Die beiden sind sich ja anatomisch mal gar nicht ähnlich, abgesehen, davon dass ich beide als ‚imposant' bezeichnen würde.

Das möchte ich jetzt genauer wissen! Ich knie mich hin und ziehe zuerst Mika, dann Ole die Boxershorts bis zu den Knöcheln herunter.

Beide haben sich das Scharmhaar gestutzt, wodurch ich optimalen Zugriff habe und beide Herren auch bestens zur Geltung kommen.

So etwas wie Mikas ‚bestes Stück' habe ich noch nie gesehen. Seine Eichel ist fast doppelt so groß wie normal (was immer man auch darunter versteht), dement- sprechend schlank wirkt sein Schaft. Dieser Mann ist wirklich außergewöhnlich gebaut.

Ich umfasse beide Schäfte und kann förmlich fühlen, wie auch die beiden Herren mal einen interessierten Blick auf den anderen Mann werfen.

Ich beginne die Schäfte ein bisschen zu reiben und drücke von untern mit meinen Daumen gehen die Eichel, was beiden sehr gut gefällt. Sie atmen hörbar ein und Mika zittern die Knie ein bisschen, während Ole leise stöhnt.

Ja, das gefällt beiden. Sehr gut!

Mal sehen, wie es ihnen gefällt, wenn ich noch einen Gang höher schalte. Ich lecke zuerst an Oles Eichel, dann drehe ich den Kopf und widerhole das bei Mika.

Unser Blutdruck schlägt jetzt durch die Decke und unsere Körperwärme ist bestimmt um fünf Grad gestiegen. Zumindest fühlt es sich so an.

Zum Glück stehen wir immer noch im Wohnzimmer, bei geöffneter Terrassentüre. Sonst wäre das hier längst eine Sauna.

Zurück zu Ole bin ich jetzt noch mutiger. Ich nehme seinen Penis in den Mund und sauge daran, während ich Mika weiterhin massiere. Ole ist begeistert und stöhnt leise. Mika atmet jetzt auch deutlicher spürbarer und ich vermute, er ist in erwartungsvoller Vorfreude. Ja, das meinten wir, als wir sagten ‚Du bist hier Gleichberechtigt'. So langsam weiß er wohl, dass das unser Ernst war.

Ich lasse Ole los und massiere ihn stattdessen. Dann nehme ich Mika in den Mund. Ich spüre wie er nach Luft schnappt und vermute, dass er die Augen geschlossen und seinen Kopf in den Nacken gelegt hat.

Ich habe befürchtet, dass ich Atemprobleme bekomme, weil seine Eichel so groß ist, muss aber feststellen, dass das problemlos funktioniert. Zudem schmeckt Mika sehr gut. Nicht salzig, bitter oder sonst wie unangenehm. Er schmeckt einfach männlich und riecht auch nicht unangenehm. Er ist der perfekte Partner für uns.

Ich wechsele noch ein paar Mal hin und her, dann denke ich, das reicht für die erste Runde. Die beiden sollen ja noch eine Weile durchhalten und sich nicht jetzt schon total verausgaben.

Ich stehe auf und sage: „Ausziehen!"

Es kommt Bewegung in die Männer. Die Schuhe und Strümpfe landen irgendwo, die Hosen und Shorts reißen die beiden sich fast gegenseitig vom Körper. Beim Anblick von Oles elastischer Hose muss Mika lachen und sagt was von „Fast ficker trowses".

Ich kenne den Ausdruck ‚Schnellficker Hose' bisher nicht, aber Ole lacht und sagt „Ja, ich bin gut vorbereitet!"

Ich ziehe meine eigene Shorts runter, aber als ich nach dem Slip greife, hält Mika meine Hand fest und sagt „Mach mal langsam. Wir haben doch Zeit!"

Na gut! Dann lasse ich den ‚schwarzen Fetzen' erstmal noch an. Dafür greift Ole an meinen BH und öffnet diesen. Jetzt bin ich ihn endlich los.

Unfassbar, dass wir immer noch im Wohnzimmer vor der offenen Tür stehen. Sowas hätte ich mir gar nicht vorstellen können. Bis auf meinen Slip sind jetzt alle Kleidungstücke irgendwo auf dem Boden verteilt. Uns ist das gerade egal.

Wir gehen zur Couch und setzen uns, ich mich zwischen die Männer. Die Beiden streicheln meine Oberschenkel und meine Brüste. Ich küsse die beiden und streiche mit den Fingerspitzen über ihre Gesichter.

Mika küsst jetzt nicht mehr zurückhaltend, sondern sehr aufregend. Abgesehen davon, dass es sich völlig anders anfühlt mal wieder von einem glattrasierten Mann geküsst zu werden, ist sein Technik auch völlig anders. Seine Lippen sind voll, warm und trocken und er versucht nicht mir die Zunge in den Hals zu stecken. Wir entwickeln eine ganz eigene, sanfte Technik. Wir legen die Lippen aufeinander und genießen das Gefühl sich gegenseitig einfach nur zu spüren. Wir fühlen uns ‚wohl' and ‚sicher', genau das was er mir versprochen hat. Gelegentlich berühren sich auch unsere Zungenspitzen. Das ist sanft, süß und lecker.

Ich hatte ihn mir eher dominant vorgestellt, aber bisher ist er eher ‚liebevoll' und ‚süß'. Ich mag ihn sehr und ich finde ihn körperlich unglaublich attraktiv. Nein, er ist scharf!

Nachdem er jetzt die Kleidung abgelegt hat, stelle ich fest, dass er wirklich nicht so perfekt ist, wie ich befürchtet habe, aber mich stört das gar nicht. Der Mann hat minimalen Brustansatz, etwas Bauch und die Haut auf seinem Rücken ist auch nicht perfekt. Macht gar nix! Zudem hat er mehr Leberflecke als ich selber und auch ein paar Fibrome finden sich bei ihm.

Da er Rettungssanitäter oder sowas in der Art ist, er weiß genau wie ein menschlicher Körper aussieht. Er hat wahrscheinlich schon alles gesehen: Alt, jung, attraktiv, übergewichtig. Der Mann weiß definitiv worauf er sich bei mir körperlich einlässt. Vielleicht bin ich deswegen so entspannt.

Ich finde ihn perfekt!

Und das Beste ist: ich darf ihn küssen und anfassen. Jippieee!

Wir kuscheln und schmusen ein bisschen. Keine Ahnung, wessen Hände sich gerade wo befinden, aber ich denke wir fühlen uns alle Drei gerade sauwohl.

Irgendwann sitzt Ole in der Mitte und Mika sieht mich über dessen Bauch hinweg an.

Er sagt: "Wir sollten ihm ein Geburtstags-geschenk machen."

Dabei mach er mit der Zunge eine eindeutige, leckende Geste.

Ich muss lachen. War ja klar, dass die Männer auf so eine Idee kommen.

Aber Mika hat ja Recht: Ole hat Geburtstag und das hier soll ja für uns alle unvergesslich werden. Also werde ich ihm jetzt die Show seines Lebens bieten.

Ich drehe mich zu Oles Hüfte hin und gleite von dem Sofa. Ich umfasse Oles Schaft, streife mit dem Daumen über seine Hoden und er spreizt erwartungsgemäß die Schenkel weiter. Mika schiebt sich auch an Oles Schaft heran, er will sich die Show wohl ganz aus der Nähe ansehen. Soll er doch! Mich macht das gerade nur zusätzlich scharf!

Ich lecke seitlich an Oles Schaft von der Mitte zur Spitze hin und bin überrascht, als ich oben mit Mikas Lippen zusamm-enstoße. Der ist aber ganz schön nah dran…

Wirklich sehr, sehr nah dran…

Blödsinn... er macht mit! Mika macht auf seiner Seite genau das, was ich hier drüben mache. Unfassbar!

Wir blasen meinem Mann gerade einen...

Ich kann es einen winzigen Moment kaum glauben. Na dann mal los!

Ole schnappt hörbar nach Luft und Mika und ich geben jetzt richtig Gas.

Seinen Schaft abzulecken ist ja schon spannend, aber als wir abwechseln seine Eichel in den Mund nehmen, zittert Ole am ganzen Körper. Er murmelt irgendetwas das wie „So geil!" klingt und ich bin mir sicher, dass er damit gerade voll einverstanden ist.

Er hat ja schon immer eine bi-sexuelle Neigung gehabt, aber das hier ist wahrscheinlich mehr, als er sich jemals vorgestellt hat. Sein Kopf liegt auf der Rückenlehne der Couch, die Augen hat er geschlossen. Wo immer mein Mann sich gerade mental befindet, er genießt es in vollen Zügen.

Ole bekommt keinen Orgasmus, aber ich denke er ist irgendwann vollauf zufrieden.

Er rollt mit den Augen und atmet ziemlich schwer. „Das war der absolute Wahnsinn!" flüstert er, dann küsst er erst Mika und dann mich. Ups… Jetzt bin ich gespannt, wie Mika darauf reagiert.

Aber unser Däne geht da gar nicht weiter drauf ein. Keine Ahnung, ob er das einfach ignoriert oder ob das aus der Situation heraus für ihn in Ordnung ist.

Wir müssen uns neu auf der Couch sortieren. Ich setzte mich neben Mika und Ole steht auf, tritt irgendwo hinter die Couch.

„Das war unfassbar!" sage ich zu Mika, der selber lacht und sagt: „Was für eine Party!"

Wir müssen beide kichern. Diese Nummer wird Ole niemals vergessen. Bei Harry Potter würde man jetzt sagen: ‚Missetat vollbracht!'.

Mika küsst mich, der Mann ist genial!

Ich spüre Oles Hand auf meinem Kopf, schließe die Augen und lege den Kopf in den Nacken. Dann spüre ich eine Augenbinde, die sich über meine Stirn schiebt.

Mika kichert „Perfekt!" während Ole den korrekten Sitz kontrolliert und „Das wird super!" antwortet. Klar, hinter dem Sofa steht das kleine Tischchen mit der schwarzen Box, in der sich Kondome, Gleitmittel und diverses Spielzeug befinden.

Ole und ich hatten die Augenbinde ja extra griffbereit in die Box gelegt, allerdings habe ich jetzt gerade nicht mit ihrem Einsatz gerechnet. Aber gut, ich lasse mich ja gerne überraschen.

Die beide setzen sich neben mich auf die Couch. Mika links und Ole rechts von mir. Ich bin überrascht, wie einfach ich die beiden auseinanderhalten kann. Sie sind gleich groß und haben etwa dieselbe Figur, aber ihre Ausstrahlung und Brührungen sind völlig unterschiedlich. Oles Hände und seinen Bart kenne ich ja in- und auswendig und Mikas Küsse an meinem Hals kann ich gerade kaum mehr zählen.

Sich zu küssen und zu streicheln ohne etwas zu sehen ist eine besondere Erfahrung. Jetzt geht es hier nur um mich! Zwei Männer, die eine Frau verwöhnen, so hatte ich mir das vorgestellt.

Aber irgendwann bin dann doch nicht ganz sicher wer sich jetzt wo befindet. Ich sitze auf der Couch, aber die beiden Männer sind weg. Na ja, nicht richtig weg, aber ich sitze nicht mehr in der Mitte und Hände spüre ich gerade auch nicht auf meiner Haut. Irgendetwas tut sich aber links neben mir. Ich taste nach links und dort ist definitiv eine Person. Oder zwei.

Was zum Geier ist hier los? „Jungs?" flüstere ich, bekomme aber keine Antwort. Irgendwas geht hier gerade an mir vorbei. Das kann doch wohl nicht sein. Ich sitze hier wie bestellt und nicht abgeholt.

Ich nehme die Augenbinde ab und gucke nach links. Was ist sehe kann ich nicht recht glauben. Die beiden Herren haben sich ein bisschen verselbständigt und sich irgendwie verknotet. Ich sehe Arme, Beine und viel Haut. Wer da gerade wo genau ist, kann ich aber nicht sagen. Was auch immer sie da tun, es scheint Spaß zu machen.

In Ordnung, da bin ich wohl ein paar Minuten abgeschrieben. In Mikas Profil stand ‚heterosexuell', aber ich denke das hier ist deutlich ‚bi-interessiert'.

Ole wird sich da nicht beschweren und ich gönne ihm den Spaß. Nicht nur weil er heute Geburtstag hat und das die geilste Nummer unseres Lebens ist, sondern weil er mit anderen Herren bisher nicht mal annähernd so viel Spaß hatte.

Also störe ich die beiden nicht, kann meine Finger aber auch nicht bei mir behalten. Ich streichele die Männer abwechselnd. Sie sollen ruhig wissen, dass ich noch da bin und einverstanden bin.

Irgendwann machen die beiden eine Pause und orientieren sich neu. Es ist, als wenn die beiden aus einem Traum erwachen würden. Mika sieht zu mir herüber und küsst mich sehr sanft. Ob das eine Entschuldigung sein soll weiß ich nicht. Eigentlich gibt es hier nichts zu ent-schuldigen.

Wir sollen ja alle auf unsere Kosten kommen und haben extra gesagt, dass wir einfach mal schauen wollen was so alles passieren kann.

Ole steht auf und zieht mich mit in die Höhe. Dann schiebt er den Bund meines Slips runter und sagt: „Ausziehen!"

Ich steige aus dem bisschen Stoff und werfe ihr irgendwo hinter mich. Er küsst mich und streichelt mir über den Po. Dann geht er an mir vorbei, signalisier mir aber, dass ich dort stehen bleiben soll. Er stellt sich hinter die Couch und lockt mich mit einem Zeigefinger in seine Richtung. Da steht er gut!

Genau sowas hatte ich mir ja schon vorher vorgestellt. Ich drehe mich zu ihm und knie mich auf die Couch. Ole greift mir in die Haare, beugt sich runter und küsst mich lange.

Ich kann seine Hüfte und seinen Po streicheln und ich komme so natürlich auch vorne bei ihm gut ran. Besonders mit dem Mund. Dafür ist die Höhe und Position perfekt.

Einen Moment überlege ich, wo Mika abgeblieben ist, aber ich habe das Gefühl, das Ole sehr genau weiß, wo der Däne sich gerade befindet und was er gerade macht. Ich kraule Ole ein bisschen und lecke mal wieder an seinem besten Stück. Da hier noch viel erigierte Masse vorhanden ist, gehe ich davon aus, dass er vor ein paar

Augenblicken keinen Orgasmus hatte. Das ist jetzt gerade von Vorteil.

Mika ist immer noch weg. Am liebsten würde ich mich umgucken, was er da treibt, aber wenn er wirklich das macht was ich vermute und es klappt nicht so recht, dann hilft meine Guckerei bestimmt auch nicht. Ich kann nur hoffen, dass er das Problem in den Griff bekommt und bald wieder hier bei uns ist.

Ich höre hinter mir Bewegungen und hoffe Mika hat das Kondom endlich drüber bekommen. Ich freue mich, als ich seine Körperwärme hinter mir und seine Hände wieder auf mir spüre. Ich kann mir vorstellen, dass er es ganz schön scharf findet, wie ich meinen Mann gerade massiere. Trotzdem hoffe ich, dass es ihm gerade um etwas anderes geht. Ich spüre seine Hände auf meinen Hintern und wie seine Fingerspitzen langsam tiefer streichen.

Ich brenne und mir stehe die Haare im Nacken zu berge. Will er das jetzt wirklich versuchen? Hoffentlich probiert er es!

Ich kann ein leises Stöhnen nicht unterdrücken, wage aber nicht mich zu bewegen. Wenn er glaubt das passt so, soll er es doch versuchen.

Wenn Ole bis jetzt noch keinen Orgasmus hatte, dann Mika wohl auch nicht. An seiner Stabilität sollte es also nicht scheitern.

Ole nimmt meinen Kopf zwischen seine Hände und richtet mich neu aus. Er möchte, dass ich ihn in den Mund nehme und ich denke, dass ist auch in Mikas Interesse.

Ich nehme seinen Penis in den Mund und Mika sucht sich wirklich seinen Weg. Dafür muss er ganz schön in die Hocke gehen, aber ,oh Wunder' das klappt!

Ich taste mit der linken Hand nach Mikas Oberschenkel und finde ihn sofort. Der Kontakt lässt mich seine Bewegung nochmal extra spüren. Ich kann mich nicht erinnern, so schon einmal genommen worden zu sein. Keine Ahnung, wie er das halten kann, aber es macht Spaß. Mir, ihm und vor allem Ole, der die ganze Show voll betrachten kann. Der erste Schlag auf meine rechte Pobacke kommt vollkommen unerwartet.

Ich höre das Klatschen, spüre aber keinen Schmerz. Ole zuckt kurz zusammen. Er weiß, dass ich so einen Schlag nicht akzeptiere. Er hat das mal ausprobiert und da bin ich richtig böse geworden. Zum einen tat das weh und ich habe mich erniedrigt gefühlt. Der Abend war sofort vorbei und er durfte das auch nicht wiederholen.

Jetzt gerade ignoriere ich das einfach. Mika legt auf der linken Pobacke noch nach, aber auch diesen Schlag höre ich eigentlich nur. Ole ist von dem Geschehen völlig begeistert, atmet deutlich schneller.

Mika versucht einen Rhythmus zu finden und Ole ist voll dabei. Er hält meinen Kopf fest und viel schneller als gedacht, stöhnt er „Ich komme!"

Wir haben vereinbart, dass er mich immer Vorwarnt, wenn es soweit ist, dann kann ich selber entscheiden, ob ich da weiter mitmache oder auf Hand Job umstelle. Heute lasse ich das zu, die Situation passt einfach!

Mika hat hinter mir da mehr Probleme. Seine Oberschenkel machen nicht mehr mit, er muss abbrechen.

Aber er will noch nicht aufgeben. Ole ist völlig glücklich, küsst mich und streichelt mir den Rücken. Darum bleibe ich erst noch mal in dieser Position und warte, ob Mika einen zweiten Versuch starten möchte.

Natürlich will er!

Er steht wieder hinter mir und kommt auch gut rein. Leider bleibt das aber auch wieder ein kurzes Vergnügen.

Wir hätten wahrscheinlich ein großes Kissen unter meine Kissen schieben sollen, um höher zu kommen. Aber so, machen seine Oberschenkel schon nach wenigen Augenblicken wieder zu. So geht das nicht.

Wir müssen beide lachen, fallen fast um und beenden den Versuch auf. Es tut ihm leid, aber was soll's? Wir geben ja wohl noch nicht auf. Feierabend ist später!

Das Kondom schmeißen wir trotzdem weg, wir haben ja noch welche.

Wir machen eine kurze Pause trinken alle etwas. Mika beschwert sich über seine früher mal trainierten Oberschenkel. Wenn er jetzt noch aktiver Radfahrer wäre, hätte das vielleicht etwas mehr werden können.

Ich muss lächeln, immerhin hat es ja geklappt, wenn auch nur sehr kurz. Ehebruch war es trotzdem, auch wenn Ole direkt danebenstand.

Wir kuscheln ein bisschen auf der Couch und bei Mika tut sich recht schnell wieder etwas und ich bin ja eh noch gut dabei.

Ole setzt sich dazu, guckt aber erstmal nur zu. Wahrscheinlich ist er jetzt erstmal raus aus dem Spiel oder er hält sich mir zu Liebe zurück.

Ich rolle mit Mika ein bisschen auf der Récamiere hin und her. Wir küssen uns sanft und lange. Gott das könnte ich den ganzen Tag machen!

Irgendwann stützt er sich auf und guckt mich an. Ich kann praktisch fühlen, dass er etwas ausheckt.

Aber was?

Er lächelt leicht und rutscht dann weiter nach unten. Zu meinen Brüsten? Ok, soll er doch machen.

Hallo… wie weit will er denn jetzt da runter? Das ist sehr viel tiefer als ich dachte.

Mika streichelt meine Oberschenkel und kniet sich vor das Ende der Couch. Mir wird heiß, will ich das?

Ole ist begeistert, er feuert Mika sogar noch mit einem „Ja, leck sie!" an.

Mika braucht keine zusätzliche Anfeuerung, er ist selber heiß genug und er legt los. Sehr angenehm und verdammt scharf! Oral ist zwar nicht ganz das, was ich mir heute erhofft hatte, aber schön ist es trotzdem. Zumindest eine Weile. Ich würde Mika lieber weiter küssen und vor allem möchte ich jetzt noch nicht fertig werden. Danach könnte es nämlich sein, dass ich erstmal eine längere Pause benötige und da steht mir gar nicht der Sinn nach.

Also setze ich mich hin. Mika guck mich fragend an und ich umfasse seinen Nacken, um ihn zu mir hoch zu ziehen. Da macht er mit und schon küssen wir uns wieder. Schade für Ole, er hätte sich das bestimmt gerne noch eine Weile angesehen, aber das entscheide ich.

Mika steht vom Boden auf und ich drehe ihn mit seiner Hüfte in meine Richtung. Sein Hintern fühlt sich gut an und ich habe Lust mich ein bisschen bei ihm zu revangieren.

Ich packe seinen Schaft und reibe ihn erstmal ein bisschen. Das gefällt ihm sichtlich. Dann lege ich es drauf an. Was bei Ole geht, klappt bestimmt auch bei Mika. All in!

Wollen wir doch mal sehen, ob oder wie lange der Mann das durchhält. Ich nehme ihn in den Mund und lasse ihn mir schmecken. Er ist wirklich ungewöhnlich gebaut, aber auch echt lecker. Wahrscheinlich schmeckt er nicht wirklich besser oder anders als andere Männer, aber mein Adrenalinspiegel schlägt gerade durch die Decke, darum empfinde ich das wohl so euphorisch.

Die Fingerspitzen der einen Hand kraulen seine Hoden, die andere Hand massiert eine Pobacke. Mika gefällt das sichtlich. Er zittert leicht und japst etwas nach Luft. Ich glaube er flüstert „Oh ja…!" aber ich bin mir nicht sicher. Egal, wenn er in dieser Situation wirklich was zu sagen hat, wird er das bestimmt wiederholen.

Ich mache weiter und spüre wie Mikas Atmung schwankt. Er findet keinen Rhythmus, in dem er sich erstmal wohl fühlt. Ich habe das Gefühl, dass seine Emotionen gerade vom Keller bis in den Himmel schwanken. Er legt eine Hand auf meinen Kopf, dirigiert mich aber nicht. Er will nur mehr Körperkontakt herstellen. Das gefällt mir, er lässt mir die völlige Handlungsfreiheit. Das soll sich für ihn lohnen und entspannt mich hinsichtlich meiner Atemschwierigkeiten. Ich will hier ja nicht ersticken.

Mika atmet jetzt stärker und schwankt. Ich spüre, seine zweite Hand auf dem Kopf und wie seine Hände sich verkrampfen. Seine Haut zittert jetzt stärker, dann schnappt er plötzlich nach Luft und stöhnt. "Oh shit!"

‚Oh shit?' Jetzt schon?

Wirklich?

Dieser Mann ist ganz schön pflegeleicht und wird auch mal fertig. Bei Ole klappt das meist nur, wenn er zumindest zwischendurch mal selber die Hand anlegt. Mika kann sich völlig gehen lassen und sich mir anvertrauen. Das gefällt mir, obwohl ich mir sicher bin, dass das jetzt so nicht geplant war. Und ich bin gerade positiv überrascht. Er schmeckt gar nicht unangenehm. Das habe ich ja vorhin schon gedacht, aber jetzt weiß ich wirklich, wovon ich rede. Mika muss sich kurz an der Rückenlehne der Couch festhalten um nicht auf mich zu fallen. Er sieht mich an und sagt „Du bist unfassbar!"

Ich lächele als er sich neben mich setzt und gegen die Rückenkissen lehnt. Er legt den Kopf in den Nacken und schließt kurz die Augen, während er meine Hand festhält. Der Mann ist echt süß!

Wir ruhen uns alle ein bisschen aus, bleiben aber in Körperkontakt. Ole kommt wieder auf die Couch und unser bärtiges, kuscheliges Geburtstagskind setzt sich zwischen uns. Ich hätte nie geglaubt, dass es mit mehr als zwei Personen so ‚natürlich' oder ‚selbstverständlich' anfühlen könnte. Wir kennen uns ja kaum und trotzdem ist Mika jetzt ein fester Teil von unserer über 25 jährigen Beziehung. Was sagen die Dänen, wenn es besonders gemütlich und kuschelig wird? Hygge?

Das passt zu Mika! Dieser ganze Mann ist hygge und er lässt uns an diesem Gefühl teilhaben. Ein Wunder, dass Mika und Freya keine Kinder haben. Die Winter hier sind lag und dunkel. Was gibt es da schöneres, als zusammen zu kuscheln, heißen Kakao zu trinken und die Zeit mit romantischem Sex zu verbringen. Freya hat im August Geburtstag, das passt gerade genau in mein Weltbild.

Wie Bornholm wohl im Winter aussieht? Es soll hier ein Skigebiet geben. Eines der Löcher auf dem Minigolfplatz war dem entsprechend gestaltet. Ich beschließe mal nach Winter-Fotos zu Googlen. Und ich muss herausfinden, ob es Weihnachts-märkte gibt!

Ole und Mika bewegen sich wieder. Ich habe gar nicht mitbekommen, dass sich da schon wieder etwas entwickelt. Ole dreht sich um und zieht mich zu sich heran. Es geht weiter mit uns Dreien!

Und dann kommt irgendwann der Moment, auf den ich heute so sehr gewartet habe. Mika guckt mich direkt an, kommt mit seinem Gesicht ganz nah an mich heran, fixiert mich und ich kann es mehr von seinen Lippen lesen, als dass ich seine Stimme höre: "Ich will Dich ficken!"

Ich muss ihm eigentlich nicht antworten, er kann die Antwort in meinem Gesicht sehen. Garantiert! Trotzdem bilden meine Lippen ein winziges, leises Wort… „Los!"

Ich umfasse mit meiner rechten Hand seinen Nacken und ziehe ihn zu mir heran. Der Kuss ist jetzt deutlich heftiger als zuvor. Dann steht er auf und reicht mir die Hand um mir hoch zu helfen. Er greift die Kissen auf der seitlichen Récamiere und wirft sie in die andere Ecke der Couch. Dann klopft er auf die Liegefläche und ich verstehe was er meint.

„Eine Sekunde!" sagt er, küsste mich und greift auf dem kleinen Schränkchen an der Wand nach seinen Kondomen. Zeit für mich auf der Sofaecke Platz zu nehmen. Ole setzt sich in die andere Ecke des Sofas. Ich weiss, dass er jetzt nicht eingreifen wird. Das ist die Position, auf die ich gewartet habe. Es ist zwar das Sofa und nicht das Bett, aber das ist jetzt die Erfüllung meines persönlichen Traumes und Ole wird das nicht verhindern.

Mika ist zurück, ich muss nicht hinsehen um zu wissen, dass er frisch bestückt ist. Er zieht meine Hüfte an die Ecke der Couch und drückt meinen Oberkörper mit einer Hand zurück. Showtime!

Er küsst einen Schenkel und legt sich meinen linken Fuß auf die Schulter. Hochkommen würde ich jetzt eh nicht mehr, aber das will ich ja auch gar nicht. Ich kann ihn ansehen, am Bauch anfassen und fühle, dass er mir immer näherkommt. Er hat wirklich sanfte Hände und ich spüre, dass er sich bereit macht. Mit seiner großen Eichel muss er da schon ein wenig Kraft aufwenden, aber er passt dann von innen wirklich gut. Durch seine Länge kann er sich bewegen, so dass ich die Reibung gut spüre, aber die Eichel mich nicht jedes Mal zu sehr reizt. Sehr angenehm.

Mika japst nach Luft und ich spüre wie seine Bewegungen hektisch und abgehakt werden. Irgendwas stimmt nicht. Wir haben doch gerade erst angefangen, ich dachte wir suchen uns jetzt einen schönen, gemeinsamen Rhythmus und dann gucken wir mal was da noch geht.

Das wird aber wohl nichts! Mikas Gesicht entgleist, ich befürchte einen Augenblick wirklich, dass es hier gleich einen Unfall gibt oder er zumindest in Ohnmacht fällt. Beides passiert aber zum Glück nicht.

Mika ist einfach nur fertig und bricht zusammen. Er kann nicht mehr. Hilflos schaut er mich an und flüstert „Oh mein Gott, was machst Du nur mit mir?"

Fragt er das nur mich oder die Situation insgesamt? Keine Ahnung aber ich versuche jetzt die Contenance zu wahren und einen kleinen Scherz zu machen.

Ich klopfe ihm leicht gegen die Hüfte und lache: „Ich denke Du brauchst ein bisschen mehr Training!"

Er lacht und ergreift dankbar diesen emotionalen ‚Strohhalm' indem er „Das denke ich auch!" sagt. Das Ding hier ist gelaufen. Tschüss Missionarsstellung, das geht mit Mika genauso wenig wie mit Ole.

…Scheiße!

Ich schlucke meine Enttäuschung runter, weil ich sehe, dass er wirklich völlig am Ende ist.

Ich kann ihm einfach keinen Vorwurf machen, er ist zu süß und dass seine Aufregung sich so spontan entladen hat, konnte er wahrscheinlich nicht beeinflussen. Ole sagt auch, dass man manche Dinge als Mann nicht steuern kann. Immerhin sind wir zu Dritt schon eine ganze Weile dran und zwar ganz schön heftig. Ole und ich können uns auch non verbal austauschen und uns allein durch die gegenseitige Anwesenheit unterstützen. Mika ist alleine und die ganze Situation ist wahrscheinlich schon deutlich weiter gegangen, als er sich das jemals vorgestellt hätte. Das geht uns ja auch so, aber wir können uns abwechseln.

Irgendwann war dann für ihn einfach Schluss. Da kann ich ihm nicht böse sein!

Ich denke es ist Zeit für eine kurze Pause. Wir müssen alle mal einmal durchatmen.

Mika und ich sitzen auf der Couch, beobachten wie Ole zum Kühlschrank geht und sich eines der schwedischen Dosenbiere herausholt.

„Er ist ziemlich gut ausgestattet." sagt Mika mit einem Blick auf Ole´s Rückseite, während seine Hand auf meinem linken Knie liegt. Ich gehe davon aus, dass er mehr eine bestimmte Region an Ole´s Vorderseite meint.

„Stimmt, aber das kann manchmal auch ein Problem sein."

Mika guckt mich an. "Das glaube ich gerne." Dann küsst er mich wieder auf die Schulter. Dieser Mann ist einfach nur lieb.

Ole kommt zurück, wir greifen alle nach unseren Getränken und kuscheln uns irgendwie zusammen auf das Ecksofa. Dass wir alle unbekleidet sind, scheint im Moment völlig normal zu sein. Ich kann gar nicht glauben, dass ich selber keine Gedanken dran verschwende. Mika sieht super aus, Ole scheint sein kleiner Bauch eh nicht zu stören und ich muss mich ja zum Glück nicht selber ansehen. Da Mikas Hand aber weiterhin einen meiner Knöchel streichelt, scheint er ja nicht abgeschreckt zu sein.

Es entwickelt sich ein lockeres Gespräch über unsere Familien und die Probleme die es da oft gibt. Über Mikas Eltern sprechen wir nicht, aber er hat ältere Geschwister, die es nicht gut fanden, dass er seinen früheren Job in einer Bank gekündigt hat. Auch dass er vor einigen Jahren zu Freya nach Bornholm gezogen ist, fanden sie nicht akzeptabel. Eine schwierige Situation.

Da können Ole und ich nicht mitsprechen, wir haben nur Katzen zu Hause und Wald vor der Haustür.

Dafür gibt es bei mir genügend eigene familiäre Probleme, während in Oles nächster Verwandtschaft eine fast schon unnormale Harmonie herrscht. Auch mit seinem jüngeren Bruder und dessen Familie sind keine Probleme in Sicht. Wundervoll!

Wir stellen fest, dass wir in vielen Bereichen ähnlich denken und empfinden und dass wir vom Leben alle ein paar mehr oder weniger tiefe Narben davongetragen haben. Meist seelische, ich zum Beispiel durch meine Herz OP auch körperlich.

Was haben Ole und ich eigentlich hier auf Bornholm gesucht? Freundschaft? Urlaub? Richtig guten, aufregenden Sex?

Ich glaube, wir finden hier gerade alles, was wir haben wollten und wahrscheinlich auch noch ein bisschen mehr. Mika ist der netteste Mann, den wir seit Jahren kennen gelernt haben und seine Frau ist auch ein ganz wundervoller Mensch, aber auch etwas eigen.

Schade, dass sie heute nicht dabei ist, aber das gibt der ganzen Situation hier natürlich eine besondere Stimmung und bietet vor allem für die beiden Männer ganz spezielle Optionen.

Mika krault meinen rechten Fuß und ich kraule Oles Bein. Irgendwie können wir die Finger schon wieder nicht voneinander lassen. Ich gucke Mika an. „Möchtest Du noch eine zweite Runde?"

Er wirkt überrascht, seine Augen weiten sich und einen Moment huscht ein Lächeln über sein Gesicht. „Na klar!"

„Dann ändern wir jetzt aber die Örtlichkeit!" sage ich und stehe auf.

"Bist du sicher?" fragt Ole. Ich weiss, dass er das Bett für zu klein für drei Personen hält. Kleiner als die Couch kann es aber auch nicht sein. Vor allem ist es breiter, wir passen also bestimmt alle nebeneinander hinein.

Wir stehen auf und gehen an der Küchenzeile vorbei, durch den kleinen Flur in das mit Jalousien dezent abgedunkelte Schlafzimmer. Spätestens jetzt bin ich glücklich, dass wir unsere eigene blaue Bettwäsche mitgebracht haben, statt der billigen Ferienhauswäsche. Ich will mich wohlfühlen und das tue ich gerade.

Ich steige als erste auf das Bett und die beiden sind direkt hinter mir. Ich lege mich hin und schon sind beide wieder bei mir. Wir sind alle ziemlich müde, aber auch im Kuschelmodus. Wild und leidenschaftlich ist jetzt nicht angesagt, eher sanft, zärtlich und mit viel Hautkontakt. Mika küsst mich schon wieder und das finde ich gerade wundervoll. Ich wollte ja mit ihm ins Bett und da bin ich jetzt wirklich.

Ole liegt direkt neben uns, er streichelt abwechselnd mich und Mika, das Bett war wirklich eine gute Wahl. Viel breiter und bequemer als die Couch. Schade eigentlich, dass wir schon so müde sind, wir hätten wirklich früher die Location wechseln sollen. Ich werde das bei einem zweiten Treffen im Hinterkopf halten. Für heute bringt uns das Bett wahrscheinlich nichts mehr.

„Du solltest in der Mitte liegen!" flüstern Mika und schiebt sich an meine linke Seite, so dass ich jetzt zwischen den beiden liege. Das ist ein schönes Gefühl!

Unbeschreiblich gut! Ich fühle mich gleichzeitig glücklich, sicher und geborgen. So könnte ich auf der Stelle einschlafen.

Ich liege auf dem Rücken, bin etwas Ole zugewandt. Meine Hände berühren jeweils einen der Männer, weil ich ganz sicher sein möchte, dass sie beide da sind. Ich hoffe, dass ich jetzt nicht anfange zu schnarchen. Mika weiß zwar, was Schlafapnoe ist, aber ich muss ihm hier ja nicht gleich etwas vorsägen.

Mika bewegt sich. Er dreht sich zu mir, küsst mich auf die Wange und dann setzt er sich im Bett hin. Ich will gerade gucken, ob er jetzt schon gehen möchte, da spüre ich seine Hände auf meinen Oberschenkeln.

Der Mann ist mit mir noch nicht fertig!

Ich hatte mich ja im Vorfeld unseres Treffens schon gefragt, ob ich Oralsex überhaupt zulassen würde, aber das Thema haben wir vorhin auf der Couch ja schon mal kurz angeschnitten.

Mika scheint damit gar kein Problem zu haben und Ole fand es geil.

Also warum sollte ich etwas dagegen haben. Zudem könnte das meine letzte Chance auf einen ,happy end' mit diesem Mann heute sein.

Er streichelt mich kurz, dann taucht er kopfüber zwischen meine Oberschenkel. Das fühlt sich völlig anders als vorhin auf der Couch an. Ich frage mich kurz, ob Ole das so schon einmal mit mir gemacht hat.

Ich habe immer noch nicht entschieden, ob ich das wirklich möchte, will ihm aber eine Chance geben, das hier für uns alle ,befriedigend' abzuschließen. Dass der Akt vorhin auf der Couch zu kurz war, wird er wissen und vermutlich nagt das an seinem

Ego. Ole wird seine ,guten Absichten' auch zu schätzen wissen.

Ich streiche ihm mit der linken Handfläche über den Rücken, schließe die Augen und versuche mich zu entspannen. Kann man einen Orgasmus herbei beten? Ich hoffe es gerade, denn wenn das jetzt schief geht, ist es frustrierend für alle Beteiligten.

Mika fühlt sich erstmal super an. Er ist ja glattrasiert und das allein macht schon einen extremen Unterschied. Es fühlt sich irgendwie ,näher' an. Zudem spüre ich auch irgendwie alles gleichzeitig. Keine Ahnung wie er das macht, aber auf jeden Fall benutzt er nicht nur seine Zungenspitze und tastet herum. Es fühl sich eher an, als wenn er mit seiner Handfläche über den gesamten Bereich reibt. Das ist sehr, sehr angenehm!

Ich kann ein Lächeln nicht unterdrücken, der Mann macht wirklich Spaß. Egal ob das hier was wird oder nicht. Er bemüht sich. Das alleine rechne ich ihm jetzt schon hoch an.

Ich streiche ihm weiter den Rücken und zur Abwechslung auch mal über den Po und sein rechtes Bein. Mein Gehirn funktioniert im Moment also noch. Ich mache mir Gedanken, was ich für ihn tun kann. In dieser Position, leider nicht viel.

Trotzdem spüre ich, dass bei mir die Spannung langsam ansteigt. Nicht ins Unermessliche, aber es kribbelt ganz doll und fühlt sich immer noch super an. Hemmungen habe ich gerade keine. Er will das selber, dann soll er doch mal machen.

Ich atme tief und ruhig ein paar Mal ein und aus. Lasse das ganze einfach mal weiterlaufen. Allerdings frage ich mich zunehmend, wie der Mann selber noch ausreichend atmen kann. Das Ganze geht hier schon eine kleine Weile und so langsam frage ich mich, wie lange Mika das so über Kopf hängend aushält. Von mir aus kann er das ja gerne noch eine Weile machen, aber wenn er große Däne irgendwann doch noch kollabiert, könnte das hier unglücklich enden.

Von solchen Überlegungen scheint Mika aber weit entfernt zu sein. Er macht weiterhin Druck und gibt nicht auf. Beeindruckend!

Ich muss lachen und spüre, wie meine Stimmung definitiv steigt. Ich beiße mir auf die Unterlippe um nicht laut zu lachen und verpasse ihm einen kleinen Klaps auf den Po, um ihn ein bisschen anzufeuern. Er quittiert das mit einem leichten Stöhnen und bleibt dran. Wir wollen beide, dass das hier funktioniert und mein Körper zieht jetzt mit!

Meine Gedanken verschwimmen und in meinen Bauch braut sich eine gewisse Spannung zusammen. Mein Gott ist das schön! Ich hoffe jetzt ernsthaft, dass Mika noch ein bisschen durchhält!

Meine Hand krallt sich entweder in seinen Rücken oder ich kraule ihm den Haaransatz im Nacken. Egal was ich mache, ich lasse ihn deutlich spüren, dass meine Stimmung sich verändert. Mehr Motivation braucht dieser Mann gerade nicht.

Ich versuche mich zu entspannen, aber meine Hüfte entwickelt jetzt ein Eigenleben und beginnt sich zu bewegen. Langsam und vorsichtig. Das fühlt sich so gut an. Mika reagiert entsprechend und stöhnt leise. Er weiß, dass er es gut macht!

Ich muss wirklich kurz lachen, was bei mir ein eindeutiges Zeichen ist, dass ich ‚Orgasmus technisch' auf die Zielgerade einbiege. Ole hat sich bisher hier herausgehalten, aber er weiß genau, dass gerade alles perfekt läuft. Er wird nicht eingreifen oder uns stören, da bin ich mir absolut sicher. Wenn ihm etwas nicht passen würde, hätte er längst eingegriffen.

„Mach weiter!" flüstere ich und kraule jetzt mit beiden Händen die Haare in Mikas Nacken, einfach weil ich irgendetwas tun muss. Jetzt muss er bitte noch ein bisschen durchhalten! Bricht er jetzt ab würde ich ihn für einen winzigen Moment hassen!

In meinen Bauch zieht sich alles zusammen und meine Oberschenkel verspannen sich. Ich atme keuchend und kralle meine rechte Hand in seinen Haaransatz. Da unten kommt er jetzt nicht mehr weg. Mit der Linken kratze ich langsam über seinen Rücken, bevor die Finger sich zu einer Faust ballen, die sanft auf seinen Rücken schlägt. Ich habe das nicht mehr unter Kontrolle, will nur noch das Ende erleben.

„Mika!"… Ich japse nach Luft.

…und dann explodiere ich unter seiner Zunge.

Der pure Wahnsinn! Ich glaube das Bett hebt ab und ich fliege. Ich muss lachen und presse meine Hände kraftvoll auf seinen Körper, um ihn jede meiner Bewegungen deutlich spürten zu lassen.

Ich muss immer noch lachen, lasse ihn aber los, als ich in die Entspannungsphase komme. Ich sehe wie er wieder in die sitzende Position neben mir hoch kommt. Er ist völlig fertig und schnappt nach Luft. Dabei streicht er sich mit einer Hand über das Gesicht und den Mund.

Er atmet tief durch und sieht mich an. Sein Gesicht ist stark gerötet und seine Augen glitzern. Gott ist dieser Mann schön und er sieht absolut selbstzufrieden aus.

Ich muss immer noch kichern. „Mein Gott!"

Er ist zu müde zum Lächeln, aber er küsst mich und flüstert. „Du bist lecker!"

Ich bin einfach sprachlos. Dann legte er sich wieder neben mich, kuschelt sich an mich und atmet ein paarmal langsam ein und aus.

Ich bin nicht sicher ob wir wirklich kurz eingenickt sind, aber irgendwann gucke ich zu Mika rüber und sehe, dass seine Augen fest geschlossen sind. Er wirkt entspannt, ruhig und wirklich müde. Wenn ich ihn nicht irgendwann wecken müsste, würde er wahrscheinlich bis morgen früh schlafen. Wir haben ja nicht über irgendwelche zeitlichen Grenzen gesprochen, aber ich gehe nicht davon aus, dass er den ganzen Tag und den ganzen Abend für uns Zeit hat.

Daher streiche ich ihm langsam mit dem rechten Zeigefinger von der Mitte der Stirn, zuerst über die linke Braue nach außen, dann von der Mitte ausgehend über die rechte Braue. Das Ganze wiederhole ich ein paar Mal, bevor ich langsam mit dem Daumen nur den Bereich zwischen seinen Augenbrauen nach oben ausstreiche. Das ist eine Technik, die Ole bei mir anwendet, wenn ich mal wieder Kopfschmerzen habe. Das wirkt zwar nicht immer schmerzlösend, aber es gibt ein gutes Gefühl, entspannt und lenkt ein bisschen ab. Man nennt das in der Fachsprache ‚Overlay Pain'.

Mika atmet ein paarmal ein und aus, dann flüstert er: „Das hier hätte Freya gefallen."

Er öffnet die Augen und sieht mich an. „Danke!"

„Gerne." Ich lächele ihn an. „Jederzeit wieder!"

Er blinzelt und sieht für einen Augenblick fast ein bisschen traurig aus. „Ich denke, ich muss Euch nun verlassen."

Sowas habe ich befürchtet. Ich streiche ihm nochmal über die Stirn, dann seitlich über die Wange. "Jetzt schon?"

Er nickt, wirkt entschlossen. „Ja!"

„Ok." Natürlich darf er jederzeit gehen. Ich habe zwar das Gefühl, dass er gerne noch bleiben würde, aber wenn er sich verpflichtet fühlt oder jetzt gerade die Chance auf einen Absprung sieht, dann werden wir ihn nicht aufhalten können.

Ole hat mitbekommen, was wir besprechen und beginnt auch aufzustehen. Es herrscht allgemeine ‚Aufbruchstimmung'.

Wir tapern zu Dritt zurück ins Wohnzimmer und versuchen die verschiedenen überall verstreuten Kleidungstücke richtig zu ordnen. Der olivfarbene Slip ist von Mika, der Schwarze von Ole. Meine schwarze Büste landet auch bei Mika. Meine Vermutung

„Ich vermute, das hier gehört nicht Dir", zaubert ein nachdenkliches lächeln auf sein Gesicht während er die stark gefütterten Cups an seine eigene Brust hält und er mit „Vielleicht könnte ich meinen Hintern reinquetschen." antwortet. Sehr witzig!

Ich gebe auf, entschwinde in das zweite Schlafzimmer und ziehe mir nur eben das neue Kleid über, dass ich vorgestern in Bornholm gekauft habe. Ich bin also als erste fertig und mein triumphaler Auftritt mit hochgeworfenen Armen und lautem „Also, ich bin fertig!" entlockt bei den Männern ein kurzes Lachen und Kopfschütteln.

Ist ja nicht mein Problem, dass die Jungs sich so viele Sachen anziehen müssen, dabei rechne ich die Socken und Schuhe noch gar nicht mit.

Ole und Mika sehen beiden ziemlich fertig aus. Irgendwann sind beide Männer wieder angezogen, die Haare stehe zu allen

Seiten ab, sie wirken müde aber auch ein wenig zufrieden mit sich und der Welt.

Mika küsst mich zum Abschied, umarmt Ole herzlich und auch mit einem flüchtigen Kuss. Dann küsst er mich ein zweites Mal und sagt „Es war mir eine Ehre hier sein zu dürfen!"

Schmeichler! Ich beziehe das zwar nicht nur auf mich, aber es gibt mir ein gutes Gefühl.

Ich streiche ihm seitlich über das Gesicht und ich sage „Ich danke Dir!" zum Abschied und rücke ihn fest an mich.

Ich möchte ihn noch nicht gehen lassen, aber zum einen habe ich keinerlei Anrecht auf den Mann und ich bin so dankbar, dass er überhaupt hier war. Dass muss jetzt erstmal genügen!

Aber nicht zu wissen, ob und wann ich ihn widersehen werde, macht mich traurig. Ich fühle mich so wohl in seiner Nähe. Ich lasse ihn los, winke dem Wagen hinterher.

Dann ist er weg.

Die Haustür ist zu und Ole und ich gucken uns einen Moment lang an. Dann umarmen wir uns und bleiben einfach im Flur stehen.

„Das war wundervoll!" sage ich und Ole erwidert: "Das werden wir nie vergessen!"

Wir müssen beide lächeln, dann küssen wir uns lange. Ole zieht mich fest an sich, hält mich ganz fest. Dann lassen wir uns los und gehe in die Küche.

„Was zu trinken?" frage Ole.

„Gerne - Egal was!"

Ole macht uns zwei hübsche Cocktails mit Strohhalm. Meiner ist süß, sahnig und gerade genau das, was ich mag.

Er setzt sich zu mir auf die Couch und wir stoßen mit den Gläsern an.

„Happy Birthday!" flüstere ich und Ole muss laut lachen.

„Das können wir niemandem erzählen!" sagt Ole und lehnt seinen Kopf gehen die grauen Sofakissen.

„Stimmt, aber diesen Geburtstag werden wir niemals vergessen." sage ich. „Auch nicht, wenn wir 100 werden!"

Ole guckt mich an: „Das stimmt wohl. Bist Du glücklich?"

Ich trinke einen Schluck von der Pina Colada und lege meinen Kopf auch auf ein Kissen. „Ich habe das Gefühl zu fliegen!"

Ole sieht mich an und schiebt sein Gesicht ganz nah an mich ran. „Du strahlst!"

Da hat er wohl Recht. Ich spüre das Lächeln auf meinem Gesicht, aber das reicht nicht um meine Gefühle zu beschreiben. Ich fühle mich auch innerlich strahlend. Ich denke nicht einen Augenblick an meine Figur oder andere Probleme. Ich fühle mich wundervoll, geliebt und begehrt. Und auf meine Kosten bin ich definitiv gekommen.

Der Hardcoreteil war zwar ein bisschen kurz, aber er hat definitiv stattgefunden.

Ich trinke noch einen kleinen Schluck, dann sage ich: „Ich bin eine Ehebrecherin!"

Ole trinkt auch einen Schluck, guckt mich an und sagt: „Ich auch!"

Wir müssen beide kichern und stoßen mit den Gläsern an. „Ich glaube, wir haben es ganz schön krachen lassen, oder?" frage ich.

„Auf jeden Fall. Damit habe ich wirklich nicht gerechnet. Wirklich unfassbar!"

„Das Ganze ist zwischen Euch ein bisschen aus dem Ruder gelaufen, oder?" Ich gucke ihn an, lege den Kopf auf das Kissen im Nacken. „Was habt ihr da bloß alles gemacht?"

Ole schluckt, denkt kurz nach. „Das war so nicht geplant!"

„Das kann ich mir vorstellen. Ich habe nur irgendwann gemerkt, dass ihr beiden irgendwie weg seid."

Ole schüttelt den Kopf. „Ich kann die nicht sagen was passiert ist, aber dieser Mann ist definitiv nicht nur heterosexuell."

„Das hat er ja auch nicht behauptet."

„Stimmt!" Ole guckt mich an. „Schlimm?"

Ich muss lachen: „Nein! Ich bin nur über-rascht. Sowohl über das was da passiert ist, aber auch wie locker ich das nehme."

„Das ist gut!" Ole schluckt und guckt mich an. „Wenn das jetzt ein Problem wäre, hätten wir einen Fehler gemacht."

Ich spüre, dass er nervös ist. Was da gerade passiert ist hat ihn überrascht und war viel intensiver, als er vielleicht geplant oder gehofft hatte.

„Denkst Du, dass Mika mit so einer Sache gerechnet hat?"

Ole guckt mich an „Das hier? Bestimmt nicht."

Ich kichere „Ich glaube den armen Mann haben wir ganz schön geschreddert!"

Ole verschluckt sich fast an seinem Getränk und muss lachen. „Das will ich wohl meinen. Damit hat er bestimmt nicht gerechnet."

„Was denkst Du, was er hier erwartete hat."

„Ich vermute, er dache wir haben Sex und er darf ein bisschen zugucken oder auch mal ein bisschen streicheln."

„Aber das war ja gar nicht unser Plan!" lächele ich.

„Nein und das hast Du ihm ja auch nochmal ausdrücklich gesagt. ‚Equal part‘ und so.“

„Ja, ich glaube da war er schon überrascht, aber geglaubt hat er es da noch nicht.“

„Stimmt!“ sagt Ole. „Damit hat er bestimmt nicht gerechnet, auch nicht, was da zwischen uns passieren kann.“

Gutes Stichwort!

„Sag mal…“ fange ich vorsichtig an. „…habe ich das richtig gesehen?“

Ole guck mich an „Was genau?“

„Habt ihr wirklich eure Penisse aufeinandergelegt und dann mit den Händen festgehalten.“

In Oles Gesicht zuckt es. „Du hast das gesehen?“

Ich nicke „Oh ja und ich sage Dir, sowas habe ich vorher noch nie gesehen. Nicht mal in einem Porno. Das muss sich doch irre angefühlt haben“

Ole schließt die Augen lehnt den Kopf an die Couch. „Das war so geil!“

Ich kichere. „Das kann ich mir vorstellen! Bist Du dabei auch gekommen?"

Ole schüttelt den Kopf. „Nein, ich bin nur einmal gekommen und zwar als du auf der Couch gekniet hast und Mika hinter Dir stand. Das war das Beste überhaupt."

„Was denkst Du wie oft er gekommen ist?" Möchte ich wissen.

„Gute Frage, also einmal muss er schon in dem Slip gekommen sein."

Ich verschlucke mich jetzt selber fast an dem Cocktail. „Bist du sicher?"

„Klar, hast Du seinen Slip gesehen?

Ich muss blinzeln. „Oh Scheiße. Das war dann wohl ich!"

Ole guckt mich an. „Warum?"

„Er hat sowas angedeutet, als wir vor der Terassentür standen, aber ich habe das nicht ganz so ernst genommen. Der Mann ist fünfzig und sollte ja über ein bisschen Selbstbeherrschung verfügen."

Ole lacht. „Eigentlich schon!"

„Ich fürchte er war ganz schön nervös!"

„Das sieht so aus. Als ich ihn zum ersten Mal angefasst habe, tat sich da noch nix untern rum."

Ich schlage die Hände vor die Augen. „Meine Schuld. Sorry!"

„Du bist sicher, dass er schon erregt war, als wir die Hosen noch anhatten?" fragt Ole.

Ich blicke ihn an „Aber Hallo! Als wir zu Dritt vor der Couch gestanden haben, wart ihr beide voll dabei. Er sagte etwas von ‚das ist gefährlich' aber das habe ich gar nicht richtig ernst genommen"

Ole lacht. „Der arme Mann! Meine Frau macht ihn schon völlig fertig, bevor es hier überhaupt richtig losgeht."

„Mist! Kein Wunder, dass ihm am Ende die Luft ausgeht." Ich könnte mir gerade selber in den Hintern treten.

„Also einmal haben wir schon. Dann ist er einmal bei mir gekommen und dann zum Schluss diese sehr, sehr kurze Nummer auf der Couch."

Ich gucke Ole an. „Oral ist er auch noch mal gekommen."

Ole starrt mich an. „Echt?" Er trinkt einen Schluck „Respekt. Ich weiß gerade nicht, wie er das gemacht hat und wie er überhaupt noch die Augen offenhalten konnte."

Ich kichere: „Konnte er ja kaum noch. Ich wollte ihm schon zwei Zahnstocher für die Augenlieder geben. Mika war völlig fertig. Noch ein oder zwei Stunden Schlaf hätte ihm wirklich gutgetan."

Ole nickt zustimmend „Stimmt!"

Er trinkt seinen Cocktail aus, stellt das Glas ab und lehnt sich mit dem Ellenbogen auf die Rückenkissen.

Er sieht mich einen Augenblick nachdenklich an. „Es tut mir leid!" sagt er leise.

Ich bin überrascht und gucke ihn fragen an. „Warum?"

„Weil Du zu kurz gekommen bist."

Ich bin verwirrt und stelle mein Glas auch ab. „Ole, ich bin nicht zu kurz gekommen. Ich habe gerade über drei Stunden Sex mit zwei wundervollen, attraktiven Männern gehabt."

Ich lege meinen Kopf neben Ole, auf den Rückenpolster ab und lächele ihn an.

Er streicht mir eine Haarsträhne aus der Stirn und sagt: „Du wolltest doch so gerne mit ihm ins Bett und dann ist das hier passiert."

Ich blinzele. „Ich war mit Euch im Bett!"

„Du weißt doch, was ich meine. Du wolltest Sex in Missionarsstellung bis zum Ende! Und stattdessen waren wir zu Dritt und Du wärst hier fast auch noch leer ausgegangen."

Ich lächle ihn an, streiche mit einer Hand über seinen Unterarm. „Ich bin nicht leer ausgegangen. Ich hatte meinen Orgasmus."

Er nickt: „Ja, aber nicht so wie Du es dir gewünscht hast."

Ich nicke. „Ja gut, ich hatte mir den eigentlichen Sex ein bisschen länger vorgestellt, aber es war doch so schön für alle Beteiligten, oder?"

Ole lacht auf. „Oh ja, das war es wohl!"

„Wir wollten uns doch als Freunde treffen, Spaß haben und uns auch freundschaftlich wieder trennen. Das ist uns ja wohl gelungen. Also haben wir doch alles richtig gemacht, oder?"

Ole streichelt auch meinen Unterarm. „Ja wir haben alles richtig gemacht. Ich wünschte nur Du hättest die Aufmerksamkeit bekommen, auf die Du gehofft hast."

Ich lächele „Mir geht es gut. Ich durfte den schönsten Dänen der Welt küssen und anfassen."

Ole lächelt auch. „Aha, Du hast ihn küsst. Ist mir ja gar nicht aufgefallen."

„Dann hättest Du besser hingucken sollen, denn ich hing ständig an seinen Lippen, entweder mit meinen Augen oder meinen eigenen."

Ole neigt sich mir zu. "Nicht frech werden, bitte."

Ich kichere „Sonst was?"

„Das siehst Du dann schon." Ole küsst mich sanft.

„Ich kann nicht glauben, dass wir das wirklich gemacht haben." sagt Ole kopf-schüttelnd.

„Ich auch nicht aber ich möchte keinen Moment davon ungeschehen machen."

„Findest Du es schlimm, dass sich da zwischen Mika und mir mehr entwickelt hat?"

Diese Frage ist ihm wahrscheinlich sehr wichtig. Aber für eine Antwort, muss ich selber erst noch etwas wissen. „Ole, wünschst Du dir, dass da noch mehr passiert wäre?"

Er runzelt die Stirn. „Du meinst Penetra-tion?"

„Ja." Ich nicke. „Genau das meine ich."

Er schüttelt den Kopf, greift nach meinen Fingerspitzen. „Nein! Ich bin nicht schwul, auch wenn das hier gerade ganz schön heftig und aufregend war. Ich stehe auf Frauen und ganz besonders auf Dich!"

Ich lächele. „Das ist gut, denn wie ich darauf reagieren würde, wenn Du schwul wärst, kann ich gar nicht abschätzen."

„Findest Du es schlimm, dass ich das hier scharf fand?"

Ich lache: „Nein, damit kann ich umgehen. Ich gebe zu es ging überraschend weit, aber das macht Dich in meinen Augen nicht schwul."

Ole atmet tief durch. „Das beruhigt mich." flüstert er leise.

Ich küsse ihn wieder. „Alles gut mein Schatz! Ich wusste ja, dass Du bi-interessiert bist. Allerdings wussten wir wohl beide nicht, dass Mika da auch so drauf abfährt.

Ole grinst. „Ich bin mir nicht sicher, was er sich so vorgestellt hatte. Ich vermute mal, er hat die Gelegenheit einfach genutzt, genau wie ich."

Wir kichern. „Der arme Mika! Ich möchte zu gerne wissen, was er Freya alles so erzählt und ob sie damit auch so locker umgeht wie Du." sagt Ole.

„Hoffen wir es für ihn!" sage ich. „Und jetzt mach mir bitte noch einen Cocktail, ich bin durstig."

„Zu Ihren Diensten, Madam!" sagt Ole und verschwindet an die Küchenzeile.

Man könnte sagen es ist der ‚Tag danach'.

Einerseits ist alles wie immer: Wir wachen zusammen auf, duschen und frühstücken. Andererseits, fühlen wir uns völlig verändert. Die gestrigen Erlebnisse zeigen Nachwirkungen. Wir fühlen uns irgendwie anders und jedes Mal, wenn wir uns stumm anschauen, müssen wir beide sofort lächeln. Irgendwas ist anders mit uns!

Ich fühle mich glücklich und kann immer noch nicht glauben, dass es den 22. Mai, zusammen mit Mika, wirklich gegeben hat.

Bin ich verliebt? Nein, bin ich nicht.

Denke ich an ihn? Ja, die ganze Zeit.

Glaube ich, was passiert ist? Absolut nicht!

Ich kann gerade über mich selber nur den Kopf schütteln und hoffe, dass es Ole und Mika besser geht als mir. Ich bin so aufgekratzt und irgendwie ‚hungrig' (was nichts mit Lebensmitteln zu tun hat) wie schon seit Jahren nicht mehr. Ich habe das Gefühl nicht mehr dieselbe Person zu sein wie vor 24 Stunden.

Irgendwie freier, erwachsener oder wie neu geboren - aber das beschreibt es alles irgendwie nicht richtig.

Vielleicht ist es auch der Beginn eines neuen Lebensabschnitts, den ich heute so stark spüre, wie noch niemals zuvor. Ich weiß ja, dass ich noch dieselbe Person bin, aber ich denke, dass ich gestern einen Teil meiner Persönlichkeit ‚neu entdeckt' habe.

Nach dem Frühstück sitze ich mit Ole auf der Couch und kuschele mich an ihn.

„Du denkst an Mika, oder?" fragt er mich.

Ich lächele: „Natürlich! Das tust Du doch vermutlich auch."

Ole nickt. „Stimmt! Ich glaube immer noch nicht, was da gestern passiert ist."

Ich streiche ihm mit der flachen Hand über die Brust. „Ich auch nicht. Aber es war sehr schön."

Er zieht mich kurz fester in die Arme, küsst mich auf die Schläfe. Er weiß genau, wann mir nach kuscheln und Geborgenheit ist.

Dann sieht er mich fragend an: „Was wollen wir den heute machen, außer hier rumsitzen und in Erinnerungen schwelgen?"

Ich lächle, streichle mit den Fingerspitzen durch seinen Vollbart. „Schlag was vor!"

„Ich würde gerne nochmal nach Dueodde an den Strand!"

„Super Idee – ich bin dabei!"

Also machen wir uns fertig und fahren los. Erst mal wieder einkaufen (Getränke und was fürs Abendessen) und dann geht es nach Dueodde. Natürlich gönnen wir uns auch wieder ein kleines Krölle-Bölle. Wenn man schon mal hier ist, muss man einfach ein Eis haben.

Frisch gestärkt und glücklich wandern wir den ramponierten Steg durch die Dünen und kleinen Baumgruppen, bis wir wieder am feinsandigen Strand stehen. Dieses Mal hilft mir Ole den letzten Schritt vom Steg hinunter, indem er seine Arme weit ausbreitet und ich mich einfach hineinfallen lasse. Der Mann ist großartig und hier an diesem Strand ist er wie ausgewechselt.

Kein Stress, keine Sorgen, kein Alltag!

Darum sind wir nach Bornholm gekommen!

Heute ist zwar ein kleines bisschen mehr am Strand los, aber voll ist das hier noch lange nicht. Trotzdem merken wir, dass in dieser Woche schon deutlich mehr Touristen unterwegs sind, als noch eine Woche zuvor.

Wir suchen uns wieder einen Platz in den weißen Dünen, etwa da wo wir auch mit Freya und Mika bei unserem ersten Treffen gesessen haben. Wir kuscheln uns aneinander und gucken ein bisschen in den Himmel. Es gibt ein paar weiße Wölkchen, die sich auf dem hellblauen Himmel von einer Seite zur anderen schieben. Dazu das sanfte Rauschen des Meers und die kleinen Wellen, die sanft an den Strand rollen.

Ich habe das Gefühl die Zeit ist stehen geblieben und weiß, Ole geht es ganz genauso. Wir liegen rum, atmen und teilen uns diesen glücklichen Moment.

„Bist Du glücklich?" fragt Ole mich.

Ich gucke zu ihm rüber. „Ja, sehr!"

„Wegen Mika?"

„Nein, wegen Dir!" sage ich. „Mika ist ein sehr schöner, lieber Mann, aber Du bist mein Leben, daran hat sich nichts geändert!"

Wir drücken unsere ineinander verschränkten Finger kurz, fühlen uns einander verbunden und genießen das hier in vollen Zügen.

„25 Jahre und du bist meiner immer noch nicht überdrüssig." stellt er fest.

„Nein bin ich nicht und ich freue mich auf die nächsten 25 Jahre oder gerne auch noch länger", antworte ich.

Er sieht mich einen Moment nachdenklich an und ich kann seinen Blick gerade nicht interpretieren, dann steht er auf. Will er etwa schon wieder los? Ich dachte wir bleiben noch ein bisschen, immerhin sind wir ja nicht so oft am Strand. Nicht mal an unserem eigenen. Ich setzte mich hin und warte auf eine Erklärung.

Ole ergreift meine Hand, zieht mich zu sich hoch und hält mich einen Moment fest. Irgendetwas möchte er, ich kann aber gerade gar nicht sagen, was mit ihm los ist.

Dann tritt er einen Schritt zurück und lässt sich auf ein Knie fallen. Meine rechte Hand hält er dabei weiterhin fest. Mir bleibt vor Überraschung einen Moment der Mund offenstehen. Was wird das denn hier? Wir sind doch schon verheiratet.

„Ich weiss, dass unser Hochzeitsantrag damals nicht ganz optimal verlaufen ist. Ich habe irgendwie nie den richtigen Moment gefunden, was mir heute noch sehr leidtut. Als Freya und Mika letzte Woche hier erzählt haben, wie er das im Naturschutzgebiet gemacht hat, da wurde mir so richtig bewusst, dass Du nie den Antrag bekommen hast den Du verdient hattest."

Ich starre Ole nur wortlos an, weiß gar nicht was ich sagen soll. Mir stehen die Haare im Nacken hoch und mein Hinterkopf kribbelt.

„Wir sind jetzt schon 25 Jahre zusammen und fast 14 Jahre verheiratet, aber ich möchte Dich hier fragen, ob Du mich noch einmal heiraten möchtest!"

Ich bin völlig hin und weg. Seine Hand zittert, weil es ist ihm wichtig ist und in seinem Gesicht kann ich die Anspannung

lesen. Der Mann ist immer für eine Überraschung gut!

Mir schießen die Tränen der Rührung ins
Gesicht und ich weiß, dass er jetzt auf eine
Antwort wartet.

„Ich würde Dich jederzeit noch einmal
heiraten." sage ich, gehe auf ihn zu,
streiche ihm über die Wange und küsse
ihn.

Er steht wieder auf und wir halten uns ganz
fest. Jetzt bleibt die Welt wirklich für einen
kleinen Moment stehen. Nur für uns!

„Du bist völlig verrückt!" sage ich und muss
lächeln. So langsam erkenne ich, wie die
Anspannung von ihm weicht. Das zu sagen
und meine Reaktion darauf war ihm
wirklich wichtig.

„Wir müssen jetzt aber nicht wirklich
nochmal Heiraten oder unser Ehegelübde
erneuern, richtig?"

Ole lächelt. „Nein, das müssen wir nicht.
Würde ich aber machen, wenn Du es dir
wünschst."

Ich schüttele den Kopf. „Bitte nicht. Aber ich fand es sehr schön, dass Du mich nochmal gefragt hast und ich fand es wundervoll, dass Du es ausgerechnet hier an dem schönsten Strand der Welt getan hast."

Ich weiß, dass Bornholm und gerade dieser Strand für Ole mehr als nur eine Insel oder eine kindliche Urlaubserinnerung ist. Er liebt diesen Flecken Erde. Er ist hier ein anderer Mensch und mit seiner ersten Freundin ging der geplante Bornholm Urlaub ja so richtig schief, inkl. Trennung usw.. Vielleicht hat er sich darum auch jahrelang nicht getraut, mit mir hierhin zu fahren. Bisher haben wir darüber immer ein bisschen gelächelt, aber jetzt gerade wird mir bewusst, wie verletzend das damals für ihn gewesen sein muss.

Ole wollte mit ihr einen wichtigen Teil seines Lebens und seiner Gefühle teilen und das Ganze endete in einem Desaster.

Aber da können wir jetzt gemeinsam einen Strich drunter machen. Diese Insel ist mir ja eh schon ans Herz gewachsen und jetzt ist sie ein ganz wesentlicher Teil unserer gemeinsamen Geschichte.

Ole hätte keinen schöneren Ort auswählen können!

Wir stehen noch eine kleine Weile eng umschlungen am Strand und genießen den Moment. Dann beschließen wir, wieder nach Hause auf unsere Terrasse zu fahren.

Wir denken auch noch mal kurz über ein weiteres kleines Eis nach, entscheiden uns aber ausnahmsweise einmal dagegen. Stattdessen fahren wir Heim, Ole macht uns zwei leckere Cocktails und wir spielen den ganzen Abend YATZY.

Besonders alt werden wir heute trotzdem nicht. Wir sind müde und gehen gegen 22:00 h schon ins Bett.

Heute wollen wir es nochmal richtig wissen und uns die Highlights von Bornholm ansehen.

Zuerst ein paar Fotos von der Landschaft und ein paar schönen Kühen, an denen wir jetzt fast täglich vorbei gefahren sind. Dann noch zwei Kirchen von innen und außen.

In Svaneke gibt es heute einen Trödelmarkt, zu dem wir unbedingt hinwollen. Der Markt besteht aus nur etwa 20 Ständen. Hier gibt es selbstgestrickte Wollwaren, hochwertige Designerkleidung, Holz- und Glaswaren und vor allem ein paar echte Trödelstände mit Schmuck und Haushaltswaren.

Wir finden eine Brosche aus 925er Silber, die ich für Freya in Deutschland umarbeiten möchte. Ihr Geburtsstein ist der Peridot, in der Brosche ist aber ein verkratzter dunkler Glasstein eingesetzt. Zudem soll aus der Brosche ein Ketten-Anhänger werden. Eine Brosche ist für mich kein zeitgemäßes Schmuckstück für jeden Tag. Außerdem macht eine Brosche

Löcher in die Kleidung. Das möchte ich nicht.

Mittags sehe ich Ole mit einem Dackelblick zu mir rüber gucken.

„Was möchtest Du?" frage ich.

„Ich würde gerne nochmal Minigolf spielen."

„Oha." sage ich. „Damit habe ich schon irgendwie gerechnet."

Ole hat das Minigolfen beim letzten Mal gut gefallen, aber er möchte es nicht bei dem Unentschieden lassen. Er möchte eine Entscheidung!

Mir wäre das nicht ganz so wichtig, aber mir schwebt ein Deal vor: Ich bekomme einen kleinen Umweg, um mir noch ein paar Keramikpilze zu kaufen, die ich gesehen, leider nur gesehen, aber nicht gekauft habe. Danach fahre ich mit Ole nochmal zu den 18 Mini-Löchern. Natürlich führt er schnell wieder, aber ich bleibe dran und gebe nicht auf. Am 10. Loch wiederhole ich mein Hole-In-One aus der Vorwoche und verkürze den Abstand.

Kurz darauf habe ich mal richtig viel Glück: Ole verzweifelt an einem Loch und ich liege dank nur 3 Schlägen endlich mal vorne. Jetzt heißt es kämpfen und dranbleiben!

Meine Führung kann ich zwar noch auf acht Schläge ausbauen, aber ich gewinne schlussendlich nur knapp mit 50:52 Schlägen.

Ole gibt sich als guter Verlierer. Natürlich hat er gehofft mich zu besiegen, aber er freut sich trotzdem für mich. Ich bin da anders. Zu verlieren oder etwas nicht zu können knabbert manchmal ganz schön an mir.

Heute habe ich dieses Problem nicht!

In Gudhjem halten wir nochmal bei Freyas und Mikas Lieblingseisdiele und probieren unter anderem das extra starke Lakritz-Eis. Ungewöhnlich, aber lecker! Ich wünschte die beiden hätten noch ein bisschen Zeit gefunden, um uns zu begleiten. Aber natürlich war es nicht absehbar, dass wir uns so gut verstehen und sie haben nun mal ein ganz gewöhnliches Berufsleben und Pflichten.

Ich hoffe aber, dass wir unseren nächsten Urlaub etwas besser aufeinander abstimmen und beide dann auch etwas Zeit für uns einplanen können.

Das wäre schön!

So ganz habe ich die Idee ja auch noch nicht aufgegeben mal im Winter nach Bornholm zu kommen oder zumindest im Spätherbst noch mal hier zu sein. Ein ganzes Jahr zu warten, kommt mir gerade einfach viel zu lange vor.

Nachmittag fahren wir wie immer einkaufen, bummeln noch ein bisschen durch die Gänge eines Supermarktes und fangen schon an zu überlegen, was wir wirklich noch benötigen oder was wir mit nach Hause nehmen wollen.

Langsam müssen wir uns an den Gedanken gewöhnen, dass wir bald packen und die Insel erstmal wieder verlassen müssen.

Zurück zur ,Normalität' – was auch immer man darunter verstehen mag. Mir kommt Bornholm gerade wie eine Märchenblase vor, in der ich mich wohl und geborgen fühle. Ich habe Geld auf dem Konto, jede Menge Zeit und wohne im schönsten Haus, das ich mir vorstellen kann.

Zu Hause wartet gefühlt das pure Chaos, private Verpflichtungen, berufliche Arbeit und hundert andere Dinge auf mich, von denen ich hier gerade gar nichts wissen will.

Außer unseren Katzen! Die würde ich jetzt schon gerne wieder bei mir haben.

TOKIO ist ja sehr selbständig, um den mache ich mir wenig Sorgen, aber MANGO vermisst uns und frisst auch nicht gut, da bin ich mir ganz sicher.

Letzterer wird erstmal nicht von unserer Seite weichen und fast 3 Tage ausschlafen, wenn wir wieder da sind. Wir kennen das schon von anderen Urlauben. Er mag andere Menschen nicht und kommt auch mit den anderen Katzen auf dem Hof nicht sehr gut aus. Aber da muss er leider ab und zu mal durch!

Ole packt noch zwei Kühl Akkus in den Einkaufswagen, die wir für die Rückreise benötigen. Eine Kühltasche habe wir schon auf der Hinfahrt dabeigehabt.

Ich denke an unsere engeren Freunde und unserer Familien. Ob sie uns vermissen würden, wenn wir einfach auf Bornholm bleiben würden?

Für meine Eltern würde das keinen Unterscheid machen. Mein Vater lebt weit weg in Österreich und mit meiner Mutter rede ich nur, wenn es sich gar nicht vermeiden lässt, was seit Omas Tod vor einem Jahr praktisch nie der Fall ist. Zum Geburtstag gibt es eine WhatsApp, eine familiäre Bindung sollte eigentlich anders aussehen.

Oles Eltern würden uns schrecklich vermissen und wir sie auch!

Daran gibt es keinen Zweifel. Sein Bruder fände das wahrscheinlich cool, aber gelegentlich sind wir da gerne zu Besuch und wir verstehen uns auch alle sehr gut. Das wäre schon ein Problem, selbst wenn die ganze Bande uns mindestens einmal im Jahr auf der Insel besuchen würde. Das wäre wirklich sehr wenig Kontakt!

An unserer Trauzeugin möchte ich gar nicht denken. Sie wäre wahrscheinlich entsetzt, obwohl wir in der Praxis oft nur wenig Zeit für einander finden. Sie würde uns vermissen – ganz bestimmt! …und sich trotzdem sehr für uns freuen.

Zum Glück muss ich mich mit diesen Überlegungen aber jetzt gerade nicht weiter beschäftigen. Wir werden Samstag wieder nach Hause fahren, dran ist sowieso nichts zu ändern.

Den Rest, wenn es den jemals geben wird, werden wir dann später sehen.

Ich wache früh auf. Diese Insel ist im Sommer schon komisch. So richtig dunkel wird es hier nachts nicht. Ich gucke in dem sanft beleuchteten Raum auf mein Handy, es ist 4:15 h.

Der Helligkeit nach zu urteilen würde ich auf etwa 7:30 h tippen. Zumindest in unseren Breitengraden. Hier wird es aber nicht so richtig dunkel und ich verschätze mich mit der Uhrzeit völlig. Heute bin ich nicht zum ersten Mal lichtbedingt so früh aufgewacht.

Ich gehe auf die Toilette und krieche danach wieder ins Bett. Ole trägt eine Augenbinde, daher sind ihm die Lichtverhältnisse egal. Er würde sonst garantiert kein Auge zumachen.

Ich kuschele mich wieder unter die Bettdecke und schließe nochmal die Augen. Um 7:45 Uhr klingelt der Wecker an Oles Handy. Für heute haben wir diesen gestellt, da wir noch eigenes vorhaben und nicht so spät frühstücken wollen.

Unser Frühstück ist wie immer: Vollkorn-Toast, Marmelade, Rullepølse und Tee. Das könnte ich morgens noch eine ganze Weile mit Genuss essen. Lecker!

Bei Rullepølse handelt es sich um einen mit Kräutern, Zwiebeln und Gewürzen gefüllten Schweinebauch, der in Dänemark dann als Bratenaufschnitt verkauft wird.

Nach dem Frühstück packen wir ein paar Getränke ins Auto und fahren an die Westküste, in die Nähe von Vang. Hier liegt das Naturschutzgebiet, von dem Freya und Mika erzählt haben. Hier soll es freilaufende Tiere in unglaublich schöner Natur geben. Zudem soll es einen tollen Blick von unten auf die Burgruine Hammershus geben, vorausgesetzt man wandert weit genug.

Wenn wir den richtigen Parkplatz gefunden haben, sollen wir nicht Richtung Wasserfall gehen, sondern einem kleinen Wanderweg folgen, der in das eingezäunte Natur-schutzgebiet führt. Wir finden den Parkplatz.

Die Landschaft ist wunderschön, mit Felsen, Meerblick, freilaufenden Schafen und knorrigen Bäumen. Auch das Wetter ist auf unserer Seite und die Blätter schimmern in allen frühlingshaften Grüntönen.

Hier irgendwo hat Mika Freya den Heiratsantrag gemacht und wir können nachvollziehen, dass hier ein ganz besonders Stück Erde ist. Man spürt hier die Natur in vollen Zügen. Ich denke an die ‚Herr der Ringe' Trilogie, denn ich fühle mich wie in einer anderen Welt. Fast erwarte ich, dass hier gleich ein paar apokalyptische Reiter vorbei galoppieren.

Irgendwann wird der Weg beschwerlicher und felsiger. Ab jetzt ist man hier mit festen Wanderschuhen und Trekkingstöcken am besten unterwegs. Ich habe beides nicht, daher beschließe ich auf einem Stück Wiese etwas zu entspannen, während Ole weiter gehen wird, um seine Kamera noch ein bisschen zu füttern.

Mir ist das Recht, immerhin gibt es außer uns nur sehr wenige andere Wanderer hier, andere Touristen sogar gar keine.

So kann ich alleine ein bisschen in der Sonne sitzen, aufs Meer und in die

Baumwipfel gucken und ‚progressive Muskelentspannung' betreiben. Das ist eine Entspannungstechnik, die ich in meiner Kur 2012 gelernt habe und die ich viel zu selten praktiziere, obwohl sie mir guttut.

In den letzten Jahren habe ich das maximal 5 Minuten zur Stressreduktion, z B. auf einer Toilette oder auch mal länger in einem Thermalbad gemacht. Hier ist der perfekte Ort dafür. Ich kann die Natur auf mich wirken lassen und meinen Körper und meine Seele baumeln lassen. Für vorbeikommende Wanderer mag ich ein wenig verwirrend aussehen, wenn ich da so entspannt und ohne eine erkennbare Regung herumsitze, aber ich störe ja keinen und mich stören die Wanderer auch nicht.

Zudem bin ich meist nicht so weit weg, als dass ich Gefahren nicht mitbekommen würde. Man kann mich also nicht ausrauben und ich könnte auch jederzeit in drei Sekunden wieder reagieren, um jemandem zu helfen.

Ich genieße diese Zeit für mich, aber irgendwann spüre ich, dass Ole sich wieder nähert. Er erkennt sofort, was ich hier mache, denn er hat da schon öfter gesehen und weiß was ich mitbekomme und was mich stört. Er setzt sich neben mich und wartet bis ich mental zurück bin und ihn ansehe.

„Na, hast Du noch ein paar schöne Motive gefunden?" frage ich ihn.

Er lächelt, nickt und deutet auf die nächste Wegbiegung. „Ab da vorn wird der Weg ganz schön ungemütlich, das wäre nichts für Dich gewesen."

„Sowas dachte ich mir, darum bin ich ja lieber hiergeblieben."

„Aber dafür habe ich die Burg Hammershus von unten fotografieren können, das sah super aus und aus dieser Perspektive habe ich die Ruine auch noch nie gesehen. Das war fantastisch!"

Das muss es wohl gewesen sein, denn Ole strahlt geradezu. Ich freue mich schon darauf, die Fotos zu sehen.

„Das ist schön! Ich habe es hier auch sehr genossen. Endlich mal wieder Zeit und Muße, meinen Körper und Geist hoch und runter zu fahren. Das hat mir wirklich gutgetan."

„Das war nicht zu übersehen."

Ich muss kichern: „Wahrscheinlich haben die Leute, die mich so gesehen haben, mich für total ‚plemplem' gehalten, sich aber nicht getraut mich anzusprechen."

Ole lächelt. „Wahrscheinlich! Aber jetzt bist Du ja wieder normal."

Wir genießen noch ein paar Minuten die Stille an diesem wundervollen Ort, dann beschließen wir wieder aufzubrechen. Zuvor guckt sich Ole aber auch noch den Wasserfall an, den Mika nicht zu Unrecht, als nicht so sehenswert eingestuft hatte. Ole nutzt trotzdem jede sich bietende Möglichkeit, um seine neue Kamera auszuprobieren.

Ich habe früher auch gerne mit so einem großen Gerät gearbeitet und vor allem meine 400er Zoom-Objektive im Dauereinsatz gehabt. Heute bin ich mit den Leistungen meiner Handy-Kamera aber vollauf zufrieden. Vor allem, weil ich die Fotos sofort sichten, bearbeiten und ggf.

verschicken kann. Neu für mich ist die Status-Funktion bei WhatsApp. Die kannte ich bisher nicht, nutze sie aber in diesem Urlaub zur Freude meiner ‚Follower' und der Familie ausgiebig. Es soll nachher niemand behaupten, er hätte nicht gewusst, was wir so gemacht oder gegessen haben.

Oles Eltern sind jedenfalls begeistert und kommentieren jedes zweite Foto mit Herzchen oder kurzen Nachrichten. Die Beiden wären jetzt so gerne bei uns! Ich denke, wir werden das mal für nächstes Jahr planen. Papa hat zwar gesagt, ihm ist jetzt mit 83 Jahren die Fahrerei zu weit, aber da würden wir schon eine Lösung finden. Ole könnte den BMW mit seinen Eltern fahren und ich fahre in unserem Kombi hinterher. Dann hätten wir zweit Fahrzeuge dabei und könnten unabhängig voneinander agieren.

Das haben wir in diesem Urlaub gelernt: Unabhängig von anderen Personen planen und agieren zu können, ist uns wirklich wichtig! Unsere Neffen sind süß, aber ein Familien-Urlaub hat viel mit bestimmten Zeiten und Abläufen zu tun.

Wir machen hier aber ständig etwas anderes, ändern unsere Meinungen oder fahren einfach nur durch die Gegend. Mit Kindern oder Familie im Haus, die um 18:00 h Abendessen möchten, klappt das nicht. Mit Oles Eltern werden wir das aber bestimmt irgendwie hinbekommen.

Nach den letzten Fotos geht es wieder Richtung Snogebæk.

Natürlich gibt es vorab noch ein mittelgroßes Krölle-Bölle (es könnte das Letzte für dieses Jahr sein) und wir werfen von außen auch ein paar Blicke auf die Speisekarte des Steak-Restaurants und durch die Scheiben des örtlichen Souvenir-Shops. Was es so an Krempel gibt wundert mich immer wieder. Billiger Kitsch, wo man hinguckt. Ich kann gar nicht verstehen, dass das wirklich gekauft wird und ein Geschäft damit seit vielen Jahren am Markt bestehen kann.

Da das Eis noch nicht ganz weg ist, werfen wir auch noch einen Blick auf eine große Tafel mit Immobilienangeboten, die bisher unserer Aufmerksamkeit entgangen ist.

Es gibt zwar nur 12 Angebote, aber 3 davon gucken wir uns näher an. Auf Bornholm kann praktisch jede Immobilie auch als Ferienhaus vermietet werden, wenn man das möchte. Wir vermuten, dass viele Menschen hier ihr Geld anlegen und so ein Haus auch darüber finanziert wird.

Darum stehen bei den Angeboten neben der Beschreibung und dem Kaufpreis auch, was jährlich mit diesem Objekt eingenommen werden kann. Sowas kenne ich aus Deutschland nicht, macht hier oder bei einem Ferienhaus generell aber Sinn.

Die Preise sind keine Schnäppchen, aber wenn man ein Haus z.B. 10 Jahre vermieten würde, dann relativiert sich der Kaufpreis doch schon erheblich. Zudem würde der eigene jährliche Urlaub auf der Insel bei weitem nicht mehr so teuer werden. Das ist jetzt nur eine verrückte Idee, aber ich werde mich zu Hause mal einlesen, welche Voraussetzungen man als Deutscher für einen Immobilienkauf erfüllen muss. Zudem haben wir Freunde in der Immobilienbranche, da bekommen wir bestimmt etwas Hilfe bei der Suche und der Finanzierung.

In Dänemark gibt es viele günstige Objekte, das habe ich früher schon mal recherchiert, aber auf dieser kleinen Insel ist das für uns realisierbare Angebot natürlich sehr klein.

Ein Haus oder eine Wohnung auf Bornholm – ein schöner Gedanke!

Ole schüttelt nur den Kopf und lächelt, als ich zwei der Angebote fotografiere.

Ich wette, er wollte das auch gerade machen.

Jetzt fahren wir aber erstmal wieder nach ‚Hause‘. Übermorgen geht es wirklich wieder nach Hause, heute aber erst nochmal in das Ferienhaus.

Abendessen, faulenzen, Reiseberichte schrieben und YATZY spielen – so wie an den letzten Tagen auch.

Freitag, 26. Mai - Nochmal Mika

Der letzte volle Tag auf Bornholm ist der Tag vor der Abreise. Wir beginnen schon früh die Koffer zu packen und alles zu verstauen, was wir in den nächsten 24 Stunden nicht mehr benötigen oder was wir bisher noch gar nicht benötigt haben. Schon kurz nach dem Frühstück sind die ersten Koffer wieder im Auto. Die Lebensmittel werden wir morgen früh als Letztes aussortieren und ggf. in einem Pappkarton mitnehmen.

Am frühen Nachmittag klopft es an der Tür und wir gucken uns einen Moment verwirrt an. Besuch?

Draußen steht Mika, er wirkt nervös aber auch entschlossen. Wir bitten ihn herein und gehen alle in die Wohn-Küche.

Er steht dicht vor uns, streich mir über die linke Schulter und sieht mich an. „Es tut mir leid, aber ich war ein Idiot." beginnt er.

Wir verstehen gar nicht was er meint. „Was meinst Du?" frage ich.

"Das lief Montag für dich nicht so, wie es hätte sein sollen. Du sollst nicht abreisen, bevor wir das richtig zu Ende gebracht haben. Ich kann nicht erklären was passiert ist, aber ich weiß, dass Du von mir etwas anderes erwartet hast."

"Mika, mir geht es gut." beruhige ich ihn.

"Das reicht mir aber nicht! Ich wollte Dir Befriedigung schenken, aber das hat nicht so geklappt, wie Du es dir gewünscht hast."

Ich bin verwirrt Mika nimmt mein Gesicht zwischen seine Hände, schiebt sein Gesicht dicht vor meines und spricht sehr deutlich.

"Wenn Ole damit einverstanden ist, würde ich gerne eine zweite Chance bekommen und das korrigieren. Vollständig. Jetzt!"

Ich weiß gar nicht was ich sagen soll, stehe vor ihm und starre zu dem großen Dänen einfach wortlos hoch.

Der Mann hat augenscheinlich ein schlechtes Gewissen. Das tut mir leid, denn als so schlimm oder defizitär empfinde ich das gar nicht. Ich fand den Montag sogar richtig scharf, erfüllend und möchte keinen Moment ungeschehen machen.

Ole überlegt einen Moment, guckt von Mika zu mir. Dann nimmt er seinen riesigen Fotoapparat von der Kommode und lächelt.

"Ich wollte sowieso noch ein paar Fotos vom Strand machen. Ich denke das wird etwa ein bis zwei Stunden dauern. Falls Emma also möchte... es ist ihre Entscheidung."

Ich weiß immer noch nicht, was sich sagen soll, aber Ole hat noch eine Info an den blonden Dänen. "Mika sei vorsichtig oder wir beide bekommen richtig Ärger miteinander!"

Mika nickt und streicht mir über den Rücken. „Sie ist völlig sicher bei mir und sie wird das nicht bereuen!"

Ole nickt. "OK." Dann küsst er mich und sagt „Viel Spaß!" Dann geht er mit der Kamera durch die Terrassentüre.

Ich bin verwirrt. „Interessiert sich irgendjemand dafür, was ich möchte?" flüstere ich.

Mika streicht mir über den Oberarm, legt seine rechte Hand in meinen Nacken.

„Darum bin ich ja hier", sagt er und lächelt mich an.

Oh Gott, dieses Lächeln müsste verboten werden. Wie kann ein Mann nur so attraktiv aussehen?

Und ich bin jetzt ganz alleine mit ihm.

„Mika, mir geht es wirklich gut. Ich freue mich sehr Dich zu sehen, aber Du bist mir wirklich nichts schuldig."

Er nimmt mein Gesicht zwischen seine großen, weichen Hände. „Emma, bitte entspann Dich!"

Mit beiden Daumen streicht er über meine Wangen „Ich bin hier, weil ich hier sein möchte."

Dann küsst er mich. Unfassbar, wie lecker der Mann schmeckt. Ich denke gar nicht nach, fühle mich wundervoll und merke kaum, dass ich meine Hände in sein T-Shirt kralle um ihn näher heran zu ziehen.

Er hat Recht, wir haben noch etwas zu klären. Wir haben Nachholbedarf. Beide!

Der gerade noch sanfte Kuss schlägt spontan um. Mika zittert wieder ein bisschen und berührt meine Zunge mit seiner eigenen. Dieser Mann ist wirklich verführerisch und ich streiche mit einer Hand über seine Wange. Er umarmt mich und zieht mich fest an sich.

Mika sieht mich an. „Vertrau mir. Das hier wird perfekt!"

Ich weiss gar nicht was ich sagen soll. Mika wieder hier zu haben ist wundervoll und ich fühle mich gerade unbeschreiblich toll!

Mika löst sich von mir, nimmt meine Hand und zieht mich in Richtung Schlafzimmer. Vor dem Bett bleibt er stehen, dreht sich um und küsst mich schon wieder. Dann greift er den Saum meiner Bluse und zieht sie mir über den Kopf. Schon sind seine Lippen wieder auf meinen. Der Mann macht Druck, ich finde das wunderbar.

Ich kann es kaum glauben, aber der BH ist auch schon nach ein paar weiteren Sekunden offen. Unfassbar!

Im Reflex schlage ich die Hände vor den Busen um, die Cups dort zu fixieren. Mika zieh sich sein T-Shirt über den Kopf, lässt es achtlos fallen.

Er umfasst wieder meinen Nacken, küsst mich sanft aber energisch. Zudem zupft er an einem Ende des BHs, aber ich lasse ihn noch nicht los. Mika zupft weiter und schaut mich fragend an. Wir müssen beide kichern, albern ein bisschen herum. Irgendwann gibt Mika den BH auf, greift nach meinem Hosenbund und zieht mich wieder an sich.

Die Küsse dieses Mannes bringen mich wirklich zum Schmelzen. Ich umfasse seinen Nacken und kraule ihn ein bisschen, weil ich weiß, dass er das mag. Dass ich dabei auch meinen BH loslasse und er runterfällt, ignoriere ich.

Wir kuscheln und küssen uns vor dem Bett stehend. Mika überragt mich um einen Kopf und ist nicht super schlank. Er ist genau mein Typ und er gibt sich gerade sehr bestimmend, was ich ebenfalls mag. Dieses Mal weiß er ja auch, dass er nicht nur zugucken darf. Die Fronten zwischen uns haben wir ja wohl schon Montag geklärt.

„Zieh Dich aus!" sagt er zu mir und ich sehe in sein erwartungsvolles Gesicht. Bisschen unromantisch vielleicht, aber er hat Recht.

Wir habe ja auch nicht ewig Zeit. Also ziehe ich mir Schuhe und die Hosen aus, während er irgendetwas auf das Fensterbrett legt und sich auch auszieht. Das sind vermutlich seine Kondome, aber das passt gut, denn unser Gleitgel steht auf dem gleichen Sims. Praktisch!

Wir sind nackt. Wahrscheinlich sehen wir für einen unbeteiligten Zuschauer gerade ‚saukomisch' aus, wie wir so voreinander stehen, als wenn wir gar nicht wüssten wie wir hier her gekommen sind.

Einerlei, wir wollen Hautkontakt, wir wollen uns küssen und was wir sonst noch wollen, werden wir gleich zusammen herausfinden. Seine Hände liegen schon wieder in meinem Nacken und eine meiner Hände streicht über eine Pobacke, während die andere über seinen Rücken streicht. Das hatte ich mir gewünscht: Noch einmal seine Haut zu berühren, zu streichend und seinen Körper an meinem zu fühlen. Die Wärme, die Struktur und natürlich seine Küsse! Ich könnte schreien vor Glück!

Mika betrachtet mich einen Augenblick. „Geht es Dir gut?"

Ich streiche ihm über seine linke Wange. „Ja. Ich fühle mich großartig!"

Er lächelt, küsst mich auf die Nase und flüstert: „Das wird noch besser werden. Ab jetzt! Vertrau mir einfach."

„Das mache ich!" flüstere ich und schmiege mich an seine Brust. Er hält mich fest und wir genießen diesen kleinen Augenblick der Nähe. Wir mögen uns, das kann ich gerade deutlich fühlen.

Mit jahrelanger Liebe und Partnerschaft hat das nichts zu tun, aber unsere Zuneigung und Freundschaft definieren wir gerade neu.

„Auf geht´s!" flüstert er an mein Ohr und dreht mich zum Bett.

Ich knie mich auf den Rand und will auf allen vieren in die Mitte kriechen, als ich auch schon seine Hände an meinen Hüften spüre, die mich zurückhalten.

„Langsam!" sagt er und drückt sich ein wenig an mich, während eine Hand von meiner Hüfte über meinen Rücken streicht. Er weiß, dass ich das sehr mag. Ich mache einen leichten Katzenbuckel und rücke meine Po nach hinten. Wir schnappen beide ein bisschen nach Luft und er gibt mir einen kleinen Schubs mit der Hüfte. Ich schwanke, kann aber nicht umfallen, denn seine Hände stabilisieren mich an der Hüfte und im Nacken.

Mika küsst mich auf den Rücken und flüstert „Ich mag Deinen Hintern!"

Ich kichere: „Ach wirklich? Du findest nicht, dass er ein bisschen zu umfangreich ist?"

Ein Schlag trifft meine linke Pobacke! Der Knall schallt noch in meine Ohren, als ich seine Hand in meinen Haaren spüre, die mich ein bisschen zu ihm hochziehen. „Sei vorsichtig Emma."

Er drückt sich wieder an mich, massiert mir mit beiden Händen den Nacken. "Du bist völlig sicher, aber Du solltest mich trotzdem nicht provozieren!"

Ich kann ein nervöses, leises Kichern nicht unterdrücken. Meine Nerven kribbeln.

„Du hast mir mal erzählt, dass Ole immer sehr sanft ist und du Dich auch mal nach einer härteren Gangart sehnst. Das ist jetzt deine Chance… Möchtest Du mal etwas

Neues ausprobieren? Sollte es zu viel werden, musst Du es nur sagen, dann höre ich sofort auf. Ist das in Ordnung?"

Ich nicke und sage "OK."

Er küsst mich zwischen den Schulterblättern und ich kann einen Moment seine Zunge spüren, was mir Gänsehaut über den Rücken jagt und mich zittern lässt. Er flüstert: „Bleib bitte in dieser Position."

Er entfernt sich und ich höre etwas knistern. Was er da wohl macht? Ich brauche gar nicht hin zu sehen. Die Kondome hat er ja schon offensichtlich hingelegt. Ich hoffe nur, dass er dieses Mal besser passende Gummis hat, als Montag, denn ein bisschen länger dürfte er heute bitte durchhalten. Bitte!!!

Mika steht wieder hinter mir. Er streich mir über den linken Arm. „Gib mir bitte deinen Arm."

Ich strecke ihm den linken Arm hin und er umfasst mein Handgelenk. Dann dreht er vorsichtig meinen Arm nach hinten, bis er einknickt und er meine Hand auf meinem Rücken festhalten kann.

„Und jetzt die andere bitte auch!" sagt er. Ich schnappe nach Luft.

"Was?" ich versuche ihn über meine linke Schulter anzusehen, mit der rechen Hand stütze ich mich doch auf der Matratze ab. Seine freie Hand liegt auf meinen Schulterblättern, drückt mich sanft nach unten.

„Vertrau mir!"

Ich bin nervös. Was soll das werden? Ich habe keine Lust auf einen Unfall oder einen weiblichen Wal, der vom Bettrand fällt.

Trotzdem bin ich neugierig. Und ich habe das Gefühl, dass Mika mir etwas Gutes tun will. Ich hebe meine andere Hand von der Bettdecke und lege sie auf meinen Rücken.

Mika ergreift sie und hält mich ganz fest, so dass mein Oberkörper jetzt fast waagerecht, frei in der Luft hängt. Er kreuzt meine Handgelenke auf dem Rücken und hält diese nur mit der linken Hand fest. Die rechte hat er jetzt frei um mir über den Rücken und den Hintern zu streichen. Zudem gibt er mir so Zeit mich in dieser Position wohl zu fühlen und Vertrauen zu fassen, dass er mich weder fallen- oder loslässt.

Er küsst meinen Nacken „Du machst das prima!"

Dann streichelt er wieder meinen Po, greift seinen Penis und klopft mir damit auf meine Kehrseite. Ich schnappe nach Luft und spüre das Blut durch einen Körper rauschen.

„Wahnsinn…", flüstere ich leise.

Mika geht ein wenig auf Abstand und sucht sich seinen Weg. Dann kommt er rein.

Ich keuche, schließe meine Augen, kann ein schwaches zittern am Rücken nicht unterdrücken.

Mika hält meine Handgelenke fest und greift mit der anderen Hand in meinem Nacken. „Genieß das, Süße!" sagt er und fängt sanft an sich zu bewegen.

Jetzt stehe ich in Flammen! „Oh fuck!" japse ich.

Mika kichert, knetet mit einer Hand meinen Nacken.

"Nächstes Mal benutzen wir ein Seil." sagt er.

"Das ist bequemer für Dich und ich habe dann beide Hände frei."

Ich kann ihm nicht so recht folgen, denn meine Gefühle schießen mir gerade durch den Körper und verwirren mich.

Mika ist immer noch sanft, aber er folgt einen festen Rhythmus. Ich hingegen fühle mich jede Sekunde anders.

Ich versuche ruhig zu bleiben und in den Bauch zu atmen. Mir jagen Schauer über den Rücken und mein Hintern fühlt sich warm an. Mika lässt meinen Nacken los und schlägt mir fest auf den Po. Jetzt wird es da richtig warm, tut aber nicht weh.

Trotzdem japse ich vor Schreck nach Luft und spüre wie ich zusammenzucke. Ich hatte vermutet, dass er das wieder machen würde, aber ich bin trotzdem überrascht. Der nächste Schlag geht auf die andere Backe. Dieses Mal zucke ich weniger zusammen. Der Mann ist ganz schön frech, aber wenn er es scharf findet, kann ich damit leben.

Mika greift in meine Haare und gibt jetzt etwas mehr Gas. Ich schnappe nach Luft und mir schlägt die Lust von meinem Schambereich durch die Wirbelsäule bis hoch in den Kopf. Unfassbar gut.

„Mehr!" flüstere ich, weiter kann ich gerade nicht mehr denken. Mika scheint mich trotzdem genau verstanden zu haben. Er fasst mich fester und dreht noch ein bisschen auf. Ich schnappe nach Luft, versuche meine Arme frei zu bekommen, aber der Däne ist auch mit nur einer Hand ganz schön stark. So werde ich die Hände nicht freibekommen.

Ich presse mein Gesicht in das Kopfkissen und fange an zu schreien. Ich muss meine Energie irgendwie loswerden. Da ich mich nicht losreißen oder bewegen kann, hilft das vielleicht.

Mika macht das richtig scharf. Ich höre ihn hinter mir stöhnen. Er hat meine Haare losgelassen, wechselt die Hand, mit der der meine Arme festhält und stützt sich mit der nun freien Hand auf meinem Po ab.

Ich möchte ihm ausweichen, aber das funktioniert nicht. Ich beginne zu zittern, stöhne wieder ins Kissen. Ich bin jetzt überreizt, was sehr schön ist, aber leider auch schnell unangenehm wird.

„Mika…" flüstere ich und versuche ruhiger zu atmen. Er wird sofort langsamer.

„Ist alles in Ordnung?" fragt er und atmet auch tief durch.

„Sorry!" sage ich. "Bitte hör auf."

Er stoppt sofort. „Zu viel für Dich?"

Er lässt meine Arme los, so dass ich mich selber auf der Matratze abstützen kann. Ich kann wieder selber bestimmen und versuche meine Atmung zu normalisieren. Mika lässt von mir ab, streicht mir mit den Händen über den Rücken, küsst mich zwischen den Schulterblättern. Gott ist der Mann lieb!

„Tut mir leid Mika." Sage ich und vergrabe mein Gesicht in meinen Händen. „Ich bin gerade etwas überreizt."

Mika tritt einen Schritt vom Bett zurück, ich setzte mich auf die Bettkannte. Ich streiche mir mit den Händen über das Gesicht, weiss nicht recht, wie ich das jetzt erklären soll.

Mika stellt sich vor mich, kniet sich hin und guckt mich direkt an. Er nimmt mein Gesicht zwischen seine warmen Hände. „Geht es Dir gut?"

Mein Lächeln sollte zwar Antwort genug sein, aber ich atme tief durch und sage: „Ja, mir geht es gut."

„Aber Du bist noch nicht befriedigt!" stellt er fest.

"Ich bin sehr, sehr glücklich. Wirklich!"

"Du kannst in dieser Position keinen Orgasmus bekommen."

Ich runzele die Stirn und sehe ihn an. "Woher weißt Du das?"

Er lächelt, streicht mir mit einem Daumen über die Wange. "Ole hat mir einen kleinen Hinweis gegeben!"

Ich bin entsetzt. "Oh, nein!" Ich greife nach Mikas Händen und versuche mich zu erklären „Mika, glaub mir: Für mich ist gerade alles perfekt."

Mika guckt mir tief in die Augen. „Emma, wovon träumst Du?"

Er wartet einen Moment, guckt mich nur durchgehend an. Dann hat er eine Idee: "Missionarsstellung bis zum Ende?"

Mir wird heiß, wahrscheinlich zittere ich etwas und schnappe nach Luft. „Mika glaub mir bitte: Ich bin glücklich."

Seine Lippen liegen wieder auf meinen. Ich genießen das und seine Zungenspitze berührt meine nur ganz leicht. Ich könnte diesen Mann die ganze Zeit küssen, ich mag ihn sehr.

Mika packt meine Schultern, gibt mir einen Schubs, so dass ich in Rückenlage auf das Bett falle. Dann ist er über mir, packt meine Handgelenke und kreuzt sie über meinem Kopf.

Sein Lächeln ist teuflisch. „Guter Versuch! Aber leider erfolglos." flüstert er in mein Ohr.

Ich schnappe nach Luft, muss aber gleichzeitig lachen. Er wispert: „Wir sind hier noch nicht fertig miteinander. Noch lange nicht!"

„Mika, bitte…." setze ich an kann aber nicht weitersprechen.

„Bitte was?" fragt er.

Ich muss schon wieder kichern, ich bin definitiv reizüberflutet und zappele ein wenig herum. Mika schieb seine Knie zwischen meine Beine, was mich nicht gerade ruhiger macht. Er umgreift meine Handgelenke mit nur einer Hand, hat also wieder eine Hand frei. Das ist gefährlich für mich… oder auch nicht.

Mika küsst und streichelt mich. Seine Finger gleiten über meine Haut, es fühlt sich an, als wenn er überall gleichzeitig hinkommt. Der Mann ist unglaublich. Sanft, aufregend und ausdauernd. Zumindest heute. Nur für mich.

Er greift zwischen uns und ich weiss, was er jetzt machen wird. Mein Lächeln muss Bände sprechen, er muss nicht fragen, ob ich einverstanden bin. Er weiß es.

Seine Bewegungen sind wieder sanft beginnend. Mikas Augen glitzern und er verschränkt seine Finger mit meinen, bevor er unsere verschlungenen Hände links und rechts neben meinem Kopf auf die Matratze drückt.

„Genieße es Emma!" flüstert er und küsst mich leidenschaftlich.

Mein Blut rauscht durch meinen Körper und ich schlinge die Unterschenkel um seinen knackigen Po. Meine Atmung verkürzt sich, meine Finger zittern und verkrampfen sich immer wieder. Ich kann ein leises Stöhnen nicht mehr unterdrücken.

Der Mann macht mir viel zu viel Spaß!

Mika beobachtet mich, vermutlich versucht er einzuschätzen, wie es mir gerade geht und wie er weitermacht. Normalerweise hasse ich es beobachtet zu werden, besonders wenn ich nackt bin, aber Mikas Blick ist aufregend und ich finde es einfach schön, dass ich ihn dabei auch die ganze Zeit ansehen kann.

Dieser Mann ist attraktiv, bestimmt nicht perfekt aber ich finde ihn gerade wunder-voll.

Lieb, süß und er küsst mich meist mit verschlossenen Augen. Genießerisch, genau wie ich es mag und selber mache.

Mika gibt mir noch einen kurzen Kuss und sieht mich an. „Geht es Dir gut?"

„Ja, ich fühle mich perfekt". Ich muss lächeln. „Deinetwegen!"

"In Ordnung." sagt er leise. „Fertig für die nächste Stufe?"

Ich blinzele verwirrt. "Was meinst Du?"

Er lächelt, lässt meine linke Hand los und legt sich meinen linken Fuß auf die Schulter, dann greift er wieder in meine Finger und drückt die Hand wieder auf die Matratze. Er wiederholt den Vorgang auf der anderen Seite.

‚Wiener Muschel' nennt man das und viel schärfer geht es in der Missionarsstellung nicht. Der Mann macht jetzt richtig ernst!

Ich starre ihn vermutlich mit offenem Mund an, versuche zu begreifen, was da jetzt kommt. „Mika..."

Weiter komme ich nicht. Sein erster Stoß kommt und ich glaube zu platzen.

Er ist eh groß gebaut, aber jetzt habe ich das Gefühl er hätte sich verdoppelt.

Ich schnappe nach Luft und meine Hände verkrampfen sich wie nach einem Stromschlag. „Oh shit!"

Mika kommt näher und flüstert in mein linkes Ohr „Du bist völlig sicher Emma! Ein Wort und ich höre auf. Jederzeit."

Er lächelt, bewegt sich vorsichtiger. Ich hingegen zittere, versuche mich zu konzentrieren und einen klaren Gedanken zu fassen. Lust kriecht durch meine Adern und mir wird heiß. Meine Kopfhaut brennt und ich atme tief ein und aus, mein Körper will jetzt mehr davon.

„Überrasch mich!" sage ich und gucke ihn herausfordernd an.

Mika stoppt einen Moment und sieht mich an. „Du bist fällig!" Er lächelt, zieht die Knie an und nimmt eine für ihn bequeme, sehr dominante Position ein. Jetzt legt er richtig los.

So hatte ich mir das vorgestellt. Der Mann weiß was er tut und er gibt einen guten Rhythmus vor. In dieser Position scheint er das eine ganz Weile aushalten zu können und das macht er auch. Sehr gut!

Irgendwann spüre ich mein Blut durch den Körper rauschen und meine Atmung setzt kurz aus. Ich verkrampfe mich, meine Beine fangen an zu zittern und ich fange wirklich an zu schreien.

Ich schlage mit dem Hinterkopf in das Kopfkissen, drücke meine Hüfte hoch und kann spüren, wie mein Körper zu pulsieren beginnt.

Mika ist schwer genug um mich zu fixieren, drückt mich jetzt mit seinem ganzen Gewicht in die Matratze und kommt ebenfalls. Ich kann sein Pochen tief in mir spüren und als ich die Augen öffne sehe ich in seinem Gesicht, dass er gerade erlebt, was ich auch fühle.

Es ist ein perfekter Moment!

Wir halten uns aneinander fest und versuchen unsere Atmung wieder zu kontrollieren. Wir schwitzen und nur langsam beruhigen wir uns wieder. Die Entspannung setzt ein, wir lösen die ineinander verschränkten Hände voneinander. Mika küsst mich lange. Dann wird das Kondom los und legt sich neben mich.

Ich fühle mich wundervoll.

Er hat seinen Schnitzer von Montag definitiv wieder gut gemacht. Wir sprechen nicht, müssen auch gerade nichts sagen. Ich kuschele mich an ihn und wir schließen beide kurz die Augen. Ich glaube seinen Herzschlag zu spüren, irgendwann schlafen wir ein.

Ole ist zurück, aber wir hören ihn nicht, als er über die Terrasse reinkommt. Erst als er zweimal deutlich an den Türrahmen klopft schrecken wir hoch.

"Ihr seht völlig hinüber aus." sagt er. „Ich vermute mal, dass ihr hier fertig seid."

Ich kann noch gar nicht denken, schlage eine Hand vor mein Gesicht und murmle etwas von „Oh mein Gott, wir sind eingeschlafen!"

Ole dreht sich um. „Ich koche mal drei Tassen Kaffee!"

"Danke!" rufe ich ihm nach, dann sehe ich Mika an. Er versucht sich gerade den Schlaf aus den Augen zu reiben. Was für ein schöner Mann.

Er sieht mich an, streicht mir über die Wange und gibt mir einen Kuss. "Glücklich?" fragt er.

„Ja! Völlig, total und überhaupt." flüstere ich. „Aber ich denke unsere gemeinsame Zeit ist jetzt vorüber."

Er nickt "Ja, das denke ich auch."

"Ok, komm schon. Zeit zum Aufstehen!" sage ich und klettere aus dem Bett.

Wir ziehen uns an und gehen in die Wohn-Küche, wo Ole drei Tassen, Milch und Zucker auf den Tisch stellt. Dann bekommen wir alle einen Becher Kaffee, ich meinen mit Süßstoff und viel Milch. Die heiße Flüssigkeit tut und gut und weckt die Lebensgeister.

Ich proste Ole zu und sage: „Danke, der Kaffee tut jetzt gut!"

Er lacht, antwortet: "Das glaube ich gerne." Dann sieht er abwechseln Mika und mich an „Ist alles ‚OK' bei euch?"

Mika und ich müssen schmunzeln. Ich nicke und sage „Ja, es war wundervoll."

Mika stellt den leeren Becher auf den Tisch. „Ich muss jetzt gehen."

Ole und ich stellen unsere Becher auch ab. „Ich bin sehr glücklich, dass Du nochmal vorbeigekommen bist, bevor wir morgen abfahren!" sage ich.

Er lächelt, zieht mich fest an sich. "Ich konnte Dich so einfach nicht gehen lassen!"

Ole und Mika umarmen sich auch. „Ich hoffe wir sehen uns nächstes Jahr wieder!"

Ole blinzelt. "Das hoffen wir auch. Bestell Freya bitte ganz liebe Grüße."

"Gerne. Wir bleiben in Kontakt." Mika lächelt, küsst mich noch einmal sehr liebevoll und geht dann zu seinem Auto.

Als er fährt winken wir uns noch einmal zu, dann ist er schon wieder weg.

Ole nimmt mich in den Arm und guckt mich an. „Bist Du jetzt glücklich?"

Mein Lächeln reicht vermutlich von einem Ohr bis zum anderen. Ole küsst mich auf die Stirn und sagt: „Na, da bin ich aber froh."

Ich kuschele mich in seine Arme und sage: „Ich liebe Dich!"

„Ich weiß!" Ole drückt mich ganz fest an sich.

„Ich kann gar nicht glauben, dass Mika extra nochmal vorbeigekommen ist."

Ole lächelt: „Oh doch. Das kann ich gerade voll nachvollziehen."

Ich runzele die Stirn. „Wirklich? Warum?"

Ole grinst von oben auf mich herunter. „Emma, dem Mann ist bewusst, dass das am Montag nicht optimal für Dich gelaufen ist. Das hat an seinem Ego gekratzt und das wollte er so nicht stehen lassen."

„Ist da so ein Männer-Ding?"

Ole lacht. „Ja ist es! Ich kann das auch anders formulieren: Er wollte Dir beweisen, dass Du mit ihm nicht aufs falsche Pferd gesetzt hast."

Ich kichere. „Das hast Du jetzt aber schön gesagt."

„Ich wollte sicher gehen, dass Du es verstehst."

Ich lache und haue ihm spielerisch mit der flachen Hand auf den Oberarm.

„Elender Kerl!"

Ole zieht mich wieder an sich. „Glaub mir: So wollte er Dich einfach nicht gehen lassen!"

Ich kuschele mich in seine Arme und sage: „Guter Mann!"

„Stimmt!"

Wir sind wieder auf der Fähre nach Sassnitz.

Heute Morgen sind wir sehr früh aufgestanden, haben ein letztes Frühstück gemacht und das restliche Geschirr gespült. Die großen Koffer waren ja schon im Auto, heute früh haben wir den Rest eingepackt.

Die Schlüsselrückgabe war in 30 Sekunden erledigt und der self-check-in bei der Fähre ist einfach und schnell. Jetzt stehen wir auf dem obersten Aussichtsdeck der ‚Povl Anker' und gucken wie der Hafen von Rønne langsam am Horizont verschwindet.

Ich stehe mit Ole an der Reling, lege meinen Kopf an seine Schulter. „Das war der schönste Urlaub unseres Lebens!"

Ole lehnt seinen Kopf an meinen und antwortet: „Das stimmt!"

„Und ein ganz besonderer!"

Ich lächle und bin mir sicher, Ole lächelt auch. Er nimmt mich in den Arm und wir hängen ein bisschen unseren eigenen Gedanken nach.

„Wir kommen spätestens nächsten Sommer wieder!" sage ich.

Ole zieht mich an sich. Ich weiß, dass er gerne noch geblieben wäre, aber das geht leider nicht.

Allerdings könnte ich mir wirklich vorstellen, dass wir nicht erst nächsten Sommer wieder hierherkommen. Dabei geht nicht nur um Freya und Mika, sondern darum, dass wir diese Insel lieben und gerne mehr Zeit dort verbringen möchten.

Kaum zu glauben, dass wir über 25 Jahre zusammen sind und erst vor 4 Jahren zum ersten Mal hier waren. Von mir aus könnten wir jedes Jahr herkommen. Die Insel ist wundervoll und vor allem fühlen wir uns hier wundervoll! Wir sind hier andere Menschen oder besser: wir können hier so sein, wie wir wirklich sind!

Jetzt geht es aber erstmal nach Hause bzw. nach Bremen. Heute Abend sind wir noch in einem Restaurant mit einer Arbeitskollegin verabredet, die ich seit Jahren nicht persönlich gesehen habe.

Wir stehen seit drei Wochen per WhatsApp in Kontakt, weil wir uns noch auf ein Restaurant einigen mussten. Ich bevorzuge ja immer recht exotische Locations, aber das kann ich nicht von anderen Personen erwarten. Sie kennt sich in Bremen besser aus als ich, also vertraue ich auf ihre Empfehlung.

Wir finden das Restaurant und ich hoffe sie hat einen Tisch auf ihren Namen reserviert, weil ich sie wahrscheinlich nicht erkennen würde, selbst wenn ich an ihr vorbeilaufe. Ich weiß noch, dass sie längere, dunkle Haare hat.

Als wir das Restaurant betreten, bin ich geschockt. Der Raum ist riesig, fast schon eine Halle. Hier stehen wahrscheinlich 50 Tische und ich fange an zu beten, dass irgendjemand weiß, ich welche Richtung wir gehen müssen. Ich gucke nach links und rechts und sehe ganz hinten im Saal eine dunkelhaarige Frau aufspringen und deutlich winken. Ich denke, das ist der Hinweis auf den ich gehofft habe. Wir bahnen uns einen Weg durch die

Tischreihen und aus der Nähe betrachtete entspricht die Frau genau meiner Vorstellung.

Ein paar Sekunden später liegen wir uns schon in den Armen und stellen uns gegenseitig unsere Männer vor. Ihr Mann ist sympathisch und erzählt, dass er erst nicht wusste, ob er mitkommen wollte, weil er mich ja gar nicht kennt. Ole lacht und sagt, dass er froh über männliche Gesellschaft ist und er ja in derselben Situation steckt.

Das Restaurant ist nicht nur riesig, die Speisekarte ist es ebenfalls und geht über diverse Kontinente und kulinarische Ausrichtungen. Ich bin begeistert, brauche aber etliche Minuten, bis ich meine Wahl treffen kann.

Nach den Bestellungen haben wir endlich ein bisschen Zeit um zu plaudern, von dem Urlaub zu erzählen, ein paar Fotos zu zeigen und auch ein bisschen über unsere Firma zu diskutieren.

Es verschlägt mir die Sprache, als am Nebentisch ein weißer Roboter mit riesigen blinzelnden Augen erscheint, der mich an einen modernen ‚R2D2' erinnert. Statt des runden Bauchs hat dieses Elektro-Modell allerdings fünf Ablagefächer, auf denen die verschiedenen Teller stehen.

„Was ist das denn?" frage ich verwirrt.

Meine Kollegin lacht: „Das ist Mona!"

„Was?"

„Mona heißen diese Roboter, damit die Kellner die Teller und Getränke nicht selber tragen müssen."

„Aha, das ist skurril!" Ich muss den Kopf schütteln, als das komische Ding mich freundlich anzwinkert und fast geräuschlos davonrollt." Der Laden gefällt mir, immerhin mag ich es ja exotisch. Ich habe das Essen zwar noch nicht probiert, aber ich bin jetzt schon beeindruckt.

Nach den Getränken und einer kleinen Vorspeise aus Zaziki und Brot, die wir uns alle teilen, kommen die Hauptgerichte. Meine Kollegin hat etwas Indisches, ihr Mann einen Grillteller, Ole hat ein riesiges Steak mit Beilagen und ich habe mir als Hauptspeise eine orientalische Vorspei-senplatte für zwei Personen bestellt, um die mich alle am Tisch mit Blicken beneiden.

Ihr Pech - das ist alles für mich!

Das Essen ist fantastisch und zweieinhalb Stunden vergehen wie im Flug. Von der Rechnung zahlt jedes Paar einfach die Hälfte, wir sind da alle sehr unkompliziert und geben auch dasselbe Trinkgeld.

Draußen verabschieden wir uns und beschließen und in ähnlicher Form mal wieder zu sehen. Ob in Duisburg oder wieder in Bremen müssen wir noch klären, aber in gleicher personeller Besetzung.

Wir sind froh, dass wir heute nur bis Bremen gefahren sind und so einen schönen Abend hatten. Gegen 21:20 Uhr sind wir wieder in unserem Hotel, gehen duschen und dann zusammen ins Bett.

Sonntag, 28. Mai - Bremen

Wir haben wundervoll geschlafen und gegen 8:00 h sind wir frisch geduscht und haben den Koffer schon wieder im Auto.

Das Frühstück ist hervorragend, allerdings macht der große Kaffeeautomat zicken und hält die Kellner ganz schön auf Trab. Uns ist das einerlei, denn wir haben unsere beiden Latte Macchiato schon vor uns stehen.

Irgendwann sind wir satt und verlassen das Hotel.

Wir haben jetzt noch etwa dreieinhalb Stunden Rückfahrt vor uns, dann sind wir wieder zu Hause.

Die Fahrt ist unspektakulär und als wir mittags vor unserm Haus den Schlüssel aus dem Zündschloss ziehen, ist von den Katzen weit und breit nichts zu sehen. Das ist ungewöhnlich. Wir hatten zumindest mit einen vierbeinigen, pelzigen Überfall-kommando gerechnet. Da liege ich aber total falsch.

TOKIO wird irgendwo sein, im Zweifelsfall futtert er sich bei den Nachbarn durch.

MANGO ist vermutlich frustriert und hat sich tief im Wald verkrochen. Ich bin sicher, dass zumindest einer der beiden Kater bald wiederauftauchen wird.

Damit liege ich falsch, denn MANGO wird sich erst gegen 22:00 Uhr blicken lassen, TOKIO sehen wir sogar erst am Dienstag wieder. Keine Ahnung, wo er sich rumgetrieben oder versteckt hat. Erzählen wird er uns das ja nicht.

Wir sind trotzdem froh, als unsere kleine Familie wieder vollständig zusammen ist. MANGO weicht wie vermutet keinen Meter mehr von unserer Seite und verbringt die meiste Zeit mit Fressen und Ausschlafen.

Ich denke an die Katzen von Freya und Mika, die hätte ich gerne mal live kennen gelernt. Ich mag große Katzen gerne. Maine-Coon kenne ich, aber bisher nur von Fotos oder wenn ich mal eine am Straßenrand gesehen habe. Anfassen konnte ich noch keine, ich bin mir aber sicher, dass ich auf Bornholm zwei oder drei solcher Tiere in Gärten gesehen habe. Das sind ganz schön beindruckende und ausdruckstarke Persönlichkeiten auf vier Pfoten.

In den nächsten Tagen denke ich immer wieder an Freya und Mika. Ich gehe zwar wieder arbeiten, aber irgendwie habe ich das Gefühl ein Teil von mir ist immer noch auf der Ostseeinsel.

Wir können auf gar keinen Fall bis zum nächsten Sommer warten um wieder hin zu fahren. Das ist einfach zu lang.

Heute ist aber erstmal der Geburtstag von Oles Mutter. Ab mittags sind die Nachbarn zum Essen da. Ole und ich werden abends nach der Arbeit, also gegen 18:30 Uhr, vorbei Fahren. Dann sind die meisten anderen Gäste wahrscheinlich schon gegangen.

Als wir ankommen, ist nur noch ein älteres, befreundetes Paar aus Düsseldorf anwesend, das wir etwa drei Jahre nicht persönlich gesehen haben. Wir gratulieren Mama herzlich, begrüßen Papa, die Gäste und überreichen unser Geschenk in Form eines Umschlages. Ich setzte mich zu meinem Schwiegerpapa in den Garten und gieße mir ein Mineralwasser ein.

„Na, was glaubst Du, was in dem Umschlag ist?" frage ich ihn.

Papa sieht mich an und schmunzelt. „Ich hoffe da ist ein Gutschein für einen zweiwöchigen Urlaub mit Euch in dem hübschen Haus auf Bornholm drin."

Ich verschlucke mich fast an dem Mineralwasser und muss deutlich husten. „Wie kommst Du denn da drauf?"

Papa lächelt mich an: „Nun... das würde ich mir jetzt wünschen."

Ich starre meinen Schwiegerpapa einen Moment sprachlos an. Dann flüstere ich. „Unfassbar! Du bist einfach unfassbar!"

Ich schüttele den Kopf und gucke zu Ole und seiner Mutter rüber. Ich kann nur hoffen, dass die beiden von unserer Unterhaltung nichts mitbekommen haben, sonst wäre die Überraschung verdorben.

Zum Glück hört Mama aber nicht immer so genau zu und steht auch recht weit weg. Sie sieht noch ahnungslos aus, als sie den Umschlag öffnet.

Darin befindet sich wirklich ein Gutschein für einen zweiwöchigen Urlaub in dem gelben Haus im nächsten Sommer. Mama schnappt kurz nach Luft als ihr bewusst wird, was sie da in den Händen hält. Dann umarmt sie ihren ältesten Sohn und muss sich sogar ein paar Tränen verdrücken. Sie ist ein sehr emotionaler Mensch, mit einem derartigen Geschenk hat sie nicht gerechnet. Papa hingegen guckt zufrieden und sieht stolz aus.

„Gut gemacht!" lobt er und klopft mir mit seiner Hand auf den Arm. Ich lächele ihn an.

„Es gab doch gar keine wirkliche Alternative zu diesem Geschenk! Ihr habt so im WhatsApp Status an den Fotos gehangen, dass wir das Gefühl hatten ihr wärt gerne selber dabei gewesen. Darum müssen wir das einfach nochmal zusammen machen. Aber dieses Mal ohne ganztägige Kinderbetreuung."

Papa guckt mich an, während Mutter den Gutschein den anderen Gästen präsentiert.

„Wir waren drauf und dran zu fragen, ob ihr uns schon dieses Jahr mitnehmt. Immerhin hattet ihr ein Haus mit zwei Schlafzimmern gemietet."

Ich kichere. „Hättet ihr das doch einfach gemacht. Wir hätten wir ja nur noch zwei Fährtickets kaufen müssen und das hätten wir wohl hinbekommen."

„Nächstes Jahr ist auch gut. Dann haben wir etwas worauf wir uns das ganze Jahr freuen können." erwidert er.

Wir stoßen mit unseren Gläsern an. Ich liebe das Gefühl genau das Richtige zu tun. Jetzt gerade ist genauso ein Moment!

Vor einigen Jahren habe ich, meinem mittlerweile verstorbenem Opa, mal second-hand einen Schachcomputer gekauft, den es schon seit 40 Jahren nicht mehr im Handel zu kaufen gab. Sein eigener hatte nach einigen Jahrzehnten seine Tätigkeit endgültig eingestellt. Ich habe online etwa drei Jahre nach exakt diesem Modell gesucht, bis ich ihn dann gefunden und gekauft habe. Mein Opa war damals etwa 90 Jahre alt, hat sich aber schon beim Anblick des Postpäckchen gefreut wie ein kleines Kind. Er wusste sofort, was da drin ist. Die Paketgröße war eindeutig und ich hatte ihm schon am Telefon eine Überraschung versprochen.

Das war ein perfektes Geschenk, genau wie jetzt die Reise nach Bornholm.

Das sind Momente an die man sich sein ganzes Leben lang erinnern wird.

Hier und heute feiern wir aber erstmal einen 79. Geburtstag und freuen uns, dass wir alle bei guter Gesundheit zusammen sind.

Später sitzt Ole neben mir und auch wir stoßen mit den Wassergläsern an. Ich sage: „Alles richtig gemacht!"

„Jep!" Ole sieht zufrieden aus, nickt langsam.

Ich gucke in mein Glas. „Denkst Du Freya und Mika werden auch mit uns grillen, wenn wir dann zu sechst sind."

„Wer weiß? Zu sich einladen würden sie wohl nur uns, aber ich denke sie würden zum ‚Big German BBQ' vorbeikommen. Warten wir es doch einfach mal ab."

Ich lächele ihn an. „Das machen wir!" Ich bin gespannt wie es weitergehen und der nächste Sommer verlaufen wird. Das wird bestimmt spannend. Wie auch immer…

Hauptsache wir sind zusammen! ❤

Danksagung

Diese Geschickte zu schreiben hat fast noch mehr Freude bereitet, als der erst Teil.

Emma ist selbstbewusster geworden und auch ihr Partner Ole tritt mehr in den Focus des Lesers. Beide entwickeln sich und ihre Wünsche weiter, was sehr spannend ist.

Danken möchte ich natürlich wieder meinen Mann der mich (so kurz nach dem ersten Teil ☺ !!) schon wieder wochenlang mit dem Laptop teilen musste.

Danken möchte ich auch dem Schicksal, dass uns wirklich sehr spontan ein ganz tolles, inspirierendes Ferienhaus beschert hat.

Meine Lektorin ist wieder meine Freundin und auch sonst hat sich in letzten drei Monaten wenig bei mir geändert.

Ich wünsche wieder viel Freunde beim Lesen. 🖤

…und ich bin mir ziemlich sicher, dass es einen dritten Teil geben wird.

Dieses Buch hat Ihnen gefallen? Dann gucken Sie doch Mal in die anderen Teile der „Emma" - Serie.

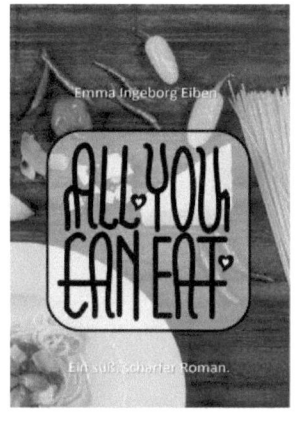

ALL YOU CAN EAT

Was passiert, wenn man den einen Mann trifft, den man nie treffen wollte und der die heile Welt auf den Kopf stellt?

Ich bin jetzt fast 50 und bin seit 25 Jahren glücklich mit meinem Mann zusammen. Es fehlt mir an wenig und führe ein glückliches, aber auch oft stressiges Leben. Und dann treffen wir IHN: Älter, größer und eigentlich nicht mein Typ. Trotzdem bleiben wir an einander hängen und stellen fest, dass wir uns mögen…. und wir Drei uns auch mehr vorstellen könnten!

Ein kleines Buch über das „Erwachsen werden" in den besten Jahren. Über Freundschaft, Eifersucht und ganz neue Möglichkeiten. Romantik, Treue und unerfüllte sexuelle Wünsche.

Was geht und was geht nicht? Was ist für den Partner in Ordnung, wo gibt es persönliche Grenzen und warum gab es diese Probleme in den letzten Jahren nicht?

All dem muss ich mich stellen! Mit Humor und ein bisschen Schusseligkeit kämpfe ich gleichzeitig um meine große Liebe und ein bisschen mehr Lust!